LES CHIENNES SAVANTES

Virginie Despentes publie son premier roman, *Baise-moi*, en 1993. Il est traduit dans plus de vingt pays. Suivront *Les Chiennes savantes*, en 1995, puis *Les Jolies Choses* en 1998, aux éditions Grasset, prix de Flore et adapté au cinéma par Gilles Paquet-Brenner avec Marion Cotillard et Stomy Bugsy en 2000. Elle publie *Teen Spirit* en 2002, adapté au cinéma par Olivier de Pias, sous le titre *Tel père, telle fille*, en 2007, avec Vincent Elbaz et Élodie Bouchez. *Bye Bye Blondie* est publié en 2004 et Virginie Despentes réalise son adaptation en 2011, avec Béatrice Dalle, Emmanuelle Béart, Soko et Pascal Greggory. En 2010, *Apocalypse bébé* obtient le prix Renaudot. Virginie Despentes a également publié un essai, *King Kong Théorie*, qui a obtenu le Lambda Literary Award for LGBT Non Fiction en 2011. Elle a réalisé sur le même sujet un documentaire, *Mutantes, Féminisme Porno Punk*, qui a été couronné en 2011 par le prix CHE du London Lesbian and Gay Film Festival.

VIRGINIE DESPENTES

Les Chiennes savantes

ROMAN

BERNARD GRASSET

I love you, Jane,
probablement forever.

À Florent.

There's a place I try to go
So far from here
I close my eyes but I can't
Can't disappear...

ST. MIKE M.

16 h 00

L'air dans le cagibi était empreint d'une chaleur sale.

Affalé sous ma chaise, Macéo, le chien de Laure qu'elle nous avait confié le temps d'un rendez-vous, suffoquait calmement. Épaisse langue rose et blanc, frémissante, toute sortie. C'était une bête énorme, à la robe flamboyante et aux grands yeux stupides et vagues.

Cathy dessinait des fleurs à pétales gigantesques sur la dernière page de son carnet d'adresses.

De la cabine adjacente, Roberta glapissait :
— Dis donc, vieux cochon, qu'est-ce que tu me racontes là ? Qu'est-ce que tu ferais avec ma petite culotte ?

Avec sa voix de fille, dissonante, trop aiguë et faussement indignée.

On entendait le type s'échauffer, marmonner des choses incompréhensibles.

Dos tourné à la porte, je faisais un mélange sur un magazine ouvert. Comme ça, si Gino entrait à l'improviste, j'avais le temps de refermer le canard et de prendre l'air de rien. L'air de la fille pas chiante qui attend qu'on la sonne pour faire son tour de piste.

Gino tenait l'entrée de L'Endo, le peep-show où je travaillais cet hiver-là. Ex-toxico, il ne ratait pas une occasion de la ramener sur le sujet : « Les drogues douces, c'est vraiment trop con, je vois pas à quoi ça sert, franchement, comprends pas, ça abrutit à peine, ça fatigue et c'est tout, comprends pas. » Il enchaînait généralement sur un rappel de son parcours d'héroïnomane, nostalgie des vraies drogues, celles toutes teintées de romantisme et de gloire. Gino avait le blabla facile, sans être beau parleur.

À côté de ça, c'était un gaillard bien bâti, honnête et travailleur. Jamais drôle, aucun sujet qui ne mérite un froncement de sourcil et une sentence définitive. Pointilleux sur la morale, comme on en trouve beaucoup dans la prostitution.

J'en étais à écraser les morceaux de tabac trop gros pour le mélange quand le haut-parleur a réclamé une fille en piste. J'ai tourné la tête vers Cathy, attendu qu'elle lève les yeux de son croquis, puis j'ai montré mon mélange du menton :

— Ça m'arrange pas trop d'y aller.

Elle s'est levée de mauvaise grâce, mais en se hâtant car le client n'attendait pas.

Je balayais précautionneusement le mélange avec la paume de la main pour tout balancer sur le collage, j'ai entendu des voix dans l'entrée :

— Ciao, ciao, Gino ! Tu as vu ce temps dehors ? Quel soleil ! Ça te réchauffe le bonhomme ça, non ?

J'ai jeté un coup d'œil à la pendule, pas mécontente que l'heure de la relève arrive sans que je l'aie guettée.

Stef a précédé Lola au cagibi, m'a tancée d'un « bonjour » plein de reproches. Elle n'avait rien à me reprocher, mais c'était son mode d'expression.

Les deux filles apparaissaient rarement l'une sans l'autre. Depuis qu'elles travaillaient là, je ne les avais jamais vues se taper sur les nerfs, elles avaient l'entente sereine et à toute épreuve.

La loi des contrastes, ou quelque chose comme ça…

Quelques semaines avant qu'elles se fassent embaucher à L'Endo, j'étais passée voir un type qui tenait un peep-show rue Saint-Denis parce qu'on m'avait dit qu'il vendait des rapides. Il était absent ; son remplaçant était cordial, très fier de son bordel ; il avait insisté :

— Tu devrais jeter un œil sur la piste, on vient de tout refaire, et tu me diras des nouvelles des filles, vas-y.

La nouvelle déco de sa piste était consternante, on se serait cru dans un cabinet de dentiste *high-tech*. Mais les danseuses étaient bonnes, rien à redire. Stef et Lola m'avaient fait grosse impression et j'avais été vaguement décontenancée de les retrouver à Lyon.

Je n'avais fait aucun commentaire, parce que Stef était trop antipathique. Et que ça ne me regardait pas.

Le hasard faisait quand même furieusement les choses, parce que, ce même jour rue Saint-Denis, j'étais allée chercher un café-cognac pour le taulier au café d'à côté. Et la serveuse m'avait marquée, à cause du sourire défoncé. Deux jours après l'arrivée de Stef et Lola, je la croisais dans Lyon. Je n'en avais tiré aucune conclusion, je n'étais pas femme à anticiper les embrouilles.

14

Ce jour-là, Lola avait sa voix rauque très *groove* de quand elle était bien attaquée. À peine arrivée, elle a brandi une bouteille de Four Roses :

— Paraît qu'il n'y a personne aujourd'hui ? Ça tombe bien, regarde ce que je ramène !

Voix nerveuse, sèche et systématiquement réprobatrice de Stef :

— Gino vient de te prévenir que Roberta était dans la n° 4, tu crois pas que tu pourrais parler plus doucement ?

Lola, plus doucement, mais pas très ennuyée :

— Mes plus plates excuses, choupette, j'ai encore fait un *black-out*...

Et elle s'est penchée sur moi pour m'embrasser, ses joues étaient toujours brûlantes.

Les deux filles portaient de gros pulls sur des treillis informes. Elles endossaient toujours le même genre de sapes paramilitaires dans le civil. Ça donnait à Stef d'inquiétantes allures de colonel et à Lola une touche de gouine dépressive. Elles étaient brillantes pour trouver des fringues de patates.

C'était surchauffé à l'intérieur puisqu'on était tout le temps moitié à poil et elles se sont immédiatement déshabillées, debout devant leurs casiers.

La porte de celui de Stef était tapissée de photos de Boulmerka, grimaçant juste après la victoire. Tous les jours elle ramenait *L'Équipe* et l'épluchait consciencieusement. Les rares fois où je l'avais entendue ouvrir sa gueule pour éjecter plus de trois mots, c'était pour commenter une finale ou une course. Stef était fascinée par la force et l'épreuve.

Lola s'intéressait de loin à la chose, mais l'abordait sous un autre angle. Elle avait accroché à la porte de son propre casier des portraits en pied de Sotomayor et de tous les Boli, et parfois les contemplait d'un air songeur :

— Imagine celui-là, il arrive, il t'emmène, t'imagines ce qu'il te fait ?

Pendant que Stef se préparait, pliant militairement chaque sape de ville qu'elle quittait et dépliant tout aussi rigoureusement chaque sape de travail qu'elle enfilait. Lola, en soutien-gorge et treillis, s'était assise sur la table de maquillage, pieds nus sur le tabouret. Ses pieds n'étaient pas faits, les ongles étaient longs, jaunes et épais, le talon couvert d'une couche de corne. Des pieds de sauvage. Elle a regardé l'heure, s'est étirée :

— On est pas pressées, Louise, je te paie à boire ?

Échange de bons procédés, j'ai accepté son offre en lui tendant le spliff.

Bien qu'on se connaisse depuis peu, on était bien parties pour de grands rapprochements.

16

Sans même le chercher, juste en laissant venir. En attendant d'être vraiment de connivence, nous échangions de longs regards aimables.

Elle a rempli deux verres en plastique de whisky et en tirant trop furieusement sur le biz elle s'est pris un bout rouge sur le sein gauche, a fait un geste brusque pour s'en débarrasser et a renversé la bouteille de Four Roses sur la tête de Macéo, le chien de Laure. Qui en se relevant brusquement fit tomber le sac de Roberta.

Elle revenait pile à ce moment de cabine, courroux pleine face :

— Merde, mais c'est pas un souk ici, vous pourriez faire gaffe !

Elle a consolé le chien en l'appelant « mon pauvre toutou » avant de se mettre à ramasser ses affaires. Stef, impassible, tirait ses cheveux noirs en arrière, histoire d'accentuer le côté austère du personnage. Le petit ampli qui nous reliait à l'entrée crachota :

— Cathy va en cabine, il faut une fille en piste.

J'ai proposé à Stef d'y aller, elle a fait non de la tête, puis d'un air pincé a jeté :

— C'est bon, c'est bon.

Sortie tête haute. Elle portait des sandales dorées, un vrai truc de poufiasse, bien excitant.

Jupe blanche moulante et petite culotte blanche également. Elle avait un cul de classe exceptionnelle, la cambrure de son dos le mettait bien en valeur, il était rond et ferme, à rebondir contre. Soutien-gorge blanc à balconnets, les nichons comme sur un plateau. Bandante du recto au verso, avec ce qu'elle trimbalait elle pouvait bien se permettre de manquer d'amabilité.

J'ai tendu le oinj à Roberta, qui a détourné la tête l'air agacé, en soufflant :

— J'en avale bien assez avec ce que vous recrachez.

Lola et moi avons échangé un regard bref et attristé.

Cathy est arrivée, sa robe à la main, le corps couvert de sueur, passé au sauna des projecteurs. Silhouette de petite fille, seins timides, hanches étroites et taille droite, la fente rasée de près pour mieux faire illusion. Elle a bu un verre d'eau et s'est regardée dans le miroir, a remis du rouge, et le haut-parleur a annoncé :

— Il t'attend en cabine n° 2.

Elle est ressortie sans dire un mot, elle avait l'air crevée.

Assise au bord de la douche pour prendre moins de place, Lola ôtait son fute. Sur sa jambe gauche, des cafards tatoués grimpaient le long de sa cheville jusqu'à l'entrecuisse, six ou sept bestioles l'enlaçant, en file noire délicatement ciselée. Assez joli, un rien glauque. Déconcertant en tout cas. Les jours de grand spleen, qu'elle avait réguliers, elle causait aux petites bêtes noires, en redessinait pensivement le contour du bout du doigt :

— Petite misère, tu me fais souffrir, vous me venez au ventre, mamma mia, comme ça fait mal dedans... Petite misère, sois gentille avec moi, laisse-moi un peu tranquille...

Roberta lui a braillé dessus :

— Dégage de là, faut que je prenne ma douche, j'ai hâte de sortir, moi.

Lola réveillait l'instinct maternel au sens fasciste du terme chez d'autres filles. Comme elle n'était jamais agressive et qu'elle avait toujours l'air en vadrouille interne, pas mal de gens lui parlaient comme à une demeurée, ne perdaient pas une occasion de la houspiller.

Après avoir enfilé le bas de son costume, elle a sifflé son verre d'un trait, attrapé la bouteille et m'a fait signe de vider le mien fissa pour qu'elle remette la sienne.

J'ai obtempéré, vidé cul sec le second verre et quitté le cagibi pour la laisser se préparer tranquille.

16 h 40

J'ai attendu derrière le rideau rouge, bras croisés. D'où j'étais, j'entendais Cathy ahaner :

— Oh ! C'est bon… Oui, c'est ça, branle-toi bien, elle est belle ta queue, hmmm, elle me fait envie… Regarde comme tu m'excites : je suis toute mouillée !

Puis, s'interrompant, prise d'une inspiration subite :

— Tu ne veux pas qu'on prenne une autre cabine ? On serait plus à l'aise. Ça serait encore meilleur, tu sais…

Plus la cabine était grande, plus le client payait cher, et plus le pourcentage était gros.

Par l'ouverture du rideau, j'entrevoyais Stef gigoter. Femme de laiton, rigide et encombrée. À la base, cette fille était magnifique, conforme en tous points : cheveux noirs, yeux en amande, nez busqué, taille fine et hanches rondes, jambes interminables et l'attache de cheville d'une grande délicatesse. Elle habitait ce corps démoniaque avec un glacial refus, dansait raide comme un piquet, regard bien droit, menton haut et épaules dégagées, martiale. Rien de sensuel là-dedans, que du rite désincarné. Les clients n'y voyaient que du feu, tant qu'il y avait du nichon qui remuait et de l'anus dévoilé…

J'ai réalisé que le biz et l'alcool avaient fait du bon boulot et que j'étais en état pour m'effondrer en piste. Je me suis dit que si jamais je vomissais Gino ne me lâcherait plus, il serait toujours derrière mon cul à blablater des choses désagréables.

Stef a écarté le rideau, gueule de tueuse, elle confondait la piste avec un ring.

Il y avait un petit escalier avant la scène proprement dite ; en le montant je prenais mon élan, sourire de jeune louve, déhanchement de conquérante. Je faisais ça une dizaine de fois par jour, mais je n'omettais jamais de soigner mon entrée. Mains sur les hanches, je me tenais quelques secondes immobile, le temps de repérer la bande sombre en bas des miroirs des cabines occupées, ceux vers lesquels il fallait particulièrement se la donner.

Ce jour-là je me suis tenue mains sur les hanches plus longuement qu'à l'accoutumée, désorientée de ce que la vague de raideur soit si haute et m'attendant à être emportée à n'importe quel moment. J'étais frôlée par le noir de toutes parts, l'équilibre n'avait plus rien d'évident.

Dos au rideau, face à moi réfléchie en huit exemplaires, vacillante sur des talons noirs bien trop hauts pour mon état, blouse boutonnée de haut en bas.

Opté pour le statique, faire des efforts pour ne pas montrer à quel point je tournais, les pieds bien écartés pour avoir de l'appui, jambes légèrement fléchies, bassin basculé vers l'avant, j'ai défait mes boutons un par un en faisant des cercles avec mon cul, écarté les pans de ma blouse pour bien montrer mes seins avec lesquels je jouais, complaisante.

Pas moyen de rester comme ça éternellement, il allait fatalement falloir risquer quelques pas.

Juste au-dessus de ma tête, un écran suspendu par des chaînes diffusait un mauvais porno, je pouvais mater les reflets du film, toujours le même, Connard Ier ne pensait jamais à le changer.

Prince proposait un truc comme : *And let me do you like you wonna, and let me do you like you wonna be done.* Gino l'a interrompu :

— Et voici maintenant, pour le plaisir des yeux, l'incomparable Lucy ; allez Lucy, danse pour nous.

Il a débité quelques douteuses infamies sur un ton de forain langoureux, il s'était toujours refusé à m'appeler par mon vrai prénom pendant les tours de piste. Ça ne lui semblait pas convenable, subtilité de plouc.

J'en étais à me caresser le ventre, j'avais gardé mon slip et je rentrais une main dedans, je la ressortais, je me retournais… Mais je n'avais toujours pas changé de place, et je redoutais le moment où il allait falloir me baisser pour faire descendre ma culotte, lever une jambe puis l'autre… Petite crise d'angoisse. Heureusement, les gestes me venaient sans crise de trou blanc. Ça m'arrivait parfois, ne plus savoir quoi faire, soudaine perplexité : Qu'est-ce que je fous là, qu'est-ce que je montre maintenant ? Je le savais pourtant, qu'il ne fallait pas trop fumer-boire pendant le travail. Mais je n'étais pas fille à tirer leçon des expériences.

Inspiration subite, je me suis laissée tomber sur le pouf qui était au milieu de la scène, les jambes balayant l'air en de vagues mouvements, j'ai attrapé mon cul à deux mains pour le faire un peu bouger de gauche à droite. J'ai vu un deuxième rideau s'ouvrir, j'aurais parié que c'était Gino l'Embrouille qui venait vérifier que je ne déconnais pas. Je me suis mise à quatre pattes, la tête enfouie dans mes avant-bras, je dodelinais de l'arrière-train, j'avais trouvé une chouette position pas fatigante. Je me suis allongée sur le dos, surtout ne pas vomir, et pas non plus dormir, mais faire glisser son slip jusqu'aux chevilles, le laisser tomber, relever les genoux à la poitrine pour bien dévoiler mon machin rose.

Je suis revenue à quatre pattes jusqu'au centre de la piste, en espérant que ça faisait petite chienne et non soûlarde, puis à genoux, puis debout. J'ai à peine titubé, il n'y avait finalement pas de quoi paniquer. C'était la drogue douce, qui collait le doute là où il n'avait pas lieu de sévir.

Je me suis approchée du miroir qui s'était ouvert en premier. Me suis tenue au mur, pour lui balancer un peu de seins en gros plan. Le téléphone mural a sonné. De leur cabine les clients pouvaient appeler la fille en piste pour discuter de choses et d'autres. Sans lâcher le mur j'ai décroché, dégluti une sorte de « mouuui ? » tout alourdi d'alcool et ça m'a fait ricaner. Je me suis mise à genoux devant sa cabine, je me triturais les tétons en essayant de répondre correctement.

— Toi, ma grande, je te pinerais volontiers, continue de te caresser les seins, ça me met la queue bien dure.

J'ai senti que ça remontait, surtout, ne pas vomir. J'ai dit :

— Et maintenant, imagine que tu te branles entre, imagine que je te branle avec mes seins, ça te plaît ça ?

En général, ça plaisait. J'ai essayé de prendre une voix de fille coquine, mais je manquais de conviction, j'avais la tête partout sauf à ça. Il a sorti une ou deux grosses conneries, salasseries basiques :

— T'es une coquine, toi, hein ? Je me branle comme un fou en matant tes nichons.

Sur un ton d'affolement ultime. J'avais coincé l'écouteur contre mon épaule et je faisais n'importe quoi avec mes seins. J'ai fini par l'interrompre :

— Tu veux voir ma copine maintenant ? C'est une super fille, attends !

Comme Roberta, comme la plupart des filles, j'avais ma tessiture spéciale piste et mes expressions pour clients, rien à voir avec le civil. Les premiers jobs parlants que j'avais eus, je n'osais pas trop parler aux clients comme une demeurée profonde, parce que je me disais qu'ils allaient mal le prendre et penser que je me moquais d'eux. Et puis, à force, je m'étais rendu compte que c'est exactement comme ça qu'ils voulaient qu'on leur parle, avec des voix qui n'existaient pas dans le registre courant. Des voix de filles « comme ça ». Des voix idiotes et bien crispantes. Bandantes, quoi.

J'ai ramassé ma blouse par terre en sortant. Lola attendait son tour derrière le rideau, nettement plus en forme que moi. Tout à fait absente, mais sans hésitation motrice. Je me suis sentie pleine de respect pour elle, et je suis restée quelques minutes derrière le rideau, à la regarder faire… Le rouge de la moquette, les dorures autour des miroirs, tout ce brillant toc et bon marché, fourrures ternes parce qu'elles avaient été achetées d'occasion, le costume de Lola, string et soutien-gorge incrustés de pierres scintillantes dans les verts… décors et costumes de petit cirque minable, piste étriquée, costumes élimés.

Elle n'était pas vraiment jolie, pas au sens classique du terme. Teint brouillé, cheveux ternes, un peu grasse des cuisses, des hanches, du ventre…

Quand on le lui faisait remarquer, elle fusait tout entière en un rire sonore et sans trace d'amertume :

— Vous êtes fadas les filles, je suis bien assez bonne pour tous les porcs de la planète, pas besoin d'en faire trop pour leur coller la fièvre, et elle empoignait ses hanches à pleines mains : Tu m'attrapes par là, tu t'accroches, et là où je t'emmène jamais personne s'en est plaint.

Elle dansait comme une reine soumise. Le coup de reins lascif et inspiré. Bien sûr, c'était elle que les clients choisissaient le moins, parce que c'était une règle absolue : trop de classe fait un mauvais tapin.

En cabine, elle n'excellait pas pour les discussions de tunes, mais elle s'en tirait en murmurant ses cochonneries avec ces drôles de mots qu'elle seule utilisait. Ceux qui s'y laissaient prendre y revenaient plusieurs fois par semaine, elle les rendait à moitié fous. Elle avait le don pour dire des saloperies, le même que pour la danse. Elle ne trichait pas, faisait ça sans schizophrénie aucune : Lola était telle quelle, au cagibi comme en piste. Brillante, toute en appétits gigantesques et confiants. Et déchirement en fond de pupille, de la douleur brute qu'elle ne cherchait pas à dissimuler. Lola ne voyait pas pourquoi elle tricherait, elle exhibait sans crainte son désarroi, son cul et son vrai rire.

17 h 15

Depuis 11 heures le matin que nous étions dans la baraque, nous n'avions pas vu la lumière du jour. Le soleil blanc chamboulait un peu la tête.

Il faisait étonnamment beau en ce mois de décembre, un grand soleil d'hiver. Quai de Saône, La Pêcherie avait même sorti la terrasse. Et les filles en profitaient pour faire comme en été : montrer leurs jambes et leurs plus jolies robes.

Macéo glapissait de joie, tirait sur sa laisse à m'en déboîter l'épaule. Quelque chose d'incongru, cette joie tapageuse dans ce corps massif et surpuissant.

Roberta était habillée court, voyant et jeune, genre magazine de mode. Comme si elle ne s'était pas assez fait reluquer pendant ses huit heures au boulot, il fallait encore qu'elle attire le regard dans les bars.

Nous nous sommes arrêtées au labo photo où travaillait Laure, une boutique de développement en une heure où elle trimait sur de grosses bécanes en arrière-boutique, à l'abri des regards.

Elle nous a remerciées en fixant le sol, ses petites mains rouges qu'elle avait un peu moites s'affolaient de part et d'autre du comptoir. Le chien tournait autour d'elle, la bousculait, et les jambes de Laure semblaient plus frêles encore. Elle a changé de voix pour le calmer, tessiture grave et ferme, qui ne lui ressemblait pas. Mais faisait obéir le molosse.

Menue et effacée, elle était doucement dingue, comme le sont parfois les gens tranquilles et intégrés. Elle portait les cheveux longs pleins de boucles soyeuses, la peau lumineuse et fine comme de la porcelaine. D'une timidité obstinée, jusqu'à en être désagréable.

Nous n'avions pas grand-chose à nous dire, elle n'était pas femme à faire de longs discours. Ses yeux se sauvaient toujours quand les miens les cherchaient. À force de la traquer, je lui arrachais parfois un regard pleine face, et il me semblait alors qu'une force intense jaillissait d'elle. Je lui cherchais la pupille avec application, ce que j'y voyais parfois me fascinait.

En sortant, Roberta, que Laure ne troublait pas, a lâché :

— De plus en plus demeurée celle-là…

Et puisque je n'ajoutais rien, a commenté :

— Cathy m'a dit qu'elle avait vu Saïd qui sortait de chez Stef et Lola. Tu savais qu'ils se connaissaient ?

— Même pas ; heureusement que tu es là, personne ne m'avait prévenue.

On se surveillait de près dans le quartier, il ne s'y passait rien qui ne soit relaté-déformé dans la journée.

Saïd était le petit ami de Laure, un ancien du quartier. Toujours aimable, mais strictement distant avec nous tous. Ne se fourvoyait ni avec les voleurs ni avec les dealers, et encore moins avec les filles qui travaillent sans culotte. On le croisait tous les jours à L'Arcade où il venait boire des cafés, il était copain-voisin avec le patron. Il discutait un peu avec tout le monde, écoutait les gens parler avec une lueur amusée dans l'œil. Il aurait pu mettre n'importe qui dans sa poche, tranquillement, l'air de rien. Il allumait les gens, les soumettait au charme.

Roberta s'est étendue sur le sujet :

— On s'est demandé d'où ils se connaissaient, elles sortent jamais nulle part ces deux-là... D'ailleurs, Saïd sort pas souvent non plus. Mais il paraît qu'il est tous les jours chez elles. Cathy m'a dit que...

Roberta et moi nous retrouvions aux mêmes endroits depuis des années, atterrissions dans les mêmes bars, nous faisions embaucher dans les mêmes boîtes. Nous étions devenues familières, de fait, sans nous trouver aucune affinité.

17 h 50

Bouffée d'air chaud à peine la porte de L'Arcade Zen poussée. Je passais tellement de temps dans ce bar que ça me faisait comme de rentrer à la maison et d'y trouver le repas préparé et bien chaud sur la table.

Mathieu, le serveur, m'a tendu la main par-dessus le comptoir :

— Tout va pour le mieux ?

— Ça pourrait être pire. Et toi ?

— Rien à redire. Qu'est-ce que tu bois ?

Bienveillante atmosphère enfumée, brouhaha calme de fin d'après-midi. Peu de monde et les gens se déplaçaient sans se hâter. Plus tard, ça dégénérerait un peu, mais l'alcool aurait coulé à flots et le changement de tempo se ferait sans anicroche.

J'ai commandé un café, déplié le journal sur le comptoir. Un grand Black aux cheveux blancs est entré, a fait un signe de la tête. Il venait là chaque soir, souriait à tout le monde mais n'engageait jamais la conversation, commandait un demi, le tenait en main sans y toucher une dizaine de minutes, debout au comptoir, regardait autour de lui. Puis le vidait d'un trait et sortait. Tout le monde l'avait à la bonne parce qu'il avait une dégaine de joueur de jazz, costume élimé et visage buriné. Personne ne savait d'où il sortait ni ce qu'il foutait.

Mathieu s'est occupé de mon café, ouvert l'énorme tiroir à marc, vidé le filtre en métal en le cognant, il faisait du sur-place en dansant. Il n'était pas très bavard, on se voyait bien assez souvent pour se payer le luxe de ne pas chercher ce qu'on pourrait se dire.

Il a posé la tasse brune et sa soucoupe sur le comptoir, et une coupelle de cacahuètes. J'ai levé le nez de mon journal, remercié et suis allée m'asseoir à la table du fond, à côté du billard.

Espace inondé d'une lumière douce, deux raides tournaient autour de la table en essayant de jouer décemment ; appuyés au mur, deux autres types attendaient que la partie soit finie.

Garçons penchés sur le feutre vert, l'éclairage qui descendait sur la table leur accentuait les traits, surtout le haut du visage, yeux froncés pour bien calculer. Le corps penché-tendu et puis souple quand même.

Mathieu est arrivé avec deux verres de Jack. Il dansait distraitement, sans rien renverser. Il s'est assis à côté de moi, légèrement survolté, comme à son habitude. Il marquait le rythme sur la table. *Infectious Groove is in the House.*

On était assis côte à côte, on a tendu la main vers nos verres de Jack pile au même moment.

Stéphanie et une copine brune à elle sont venues s'asseoir à notre table. La fille était hôtesse dans un bar, grosses lèvres et mine boudeuse. Elles papotaient d'un ton acerbe, s'occupaient du cas de Cathy, à qui l'orga venait de faire une proposition de film X. Elles en parlaient avec un sérieux de membre du jury, comme si on allait leur demander de rendre un rapport. Stéphanie était réticente :

— ... parce que, tu comprends, si demain elle change de vie, la vidéo elle se métamorphose pas en bluette, ça reste du *hard* crad.

L'orga regroupait plusieurs établissements. Notamment L'Endo, L'Arcade et le bar où la brune sévissait. Mainmise sur la ville, rayon business du sexe, monopole obtenu non sans mal. Mais qui ne souffrait plus aucune concurrence. Une section vidéo se mettait en place, embauchant des filles de l'orga. Roberta et la brune bouche-à-pipes auraient donné cher pour être appelées à tourner. Parce qu'il y avait tout ce bordel autour des actrices *hard*, et ça leur semblait moins dégradant de se faire filmer l'anus que d'officier dans le spectacle *live*. La brune faisait la moue :

— Ça ne me plairait pas à moi d'être choisie à cause de la dernière mode... Cathy ne les intéresse que parce que les Lolita sont demandées en ce moment, elle va faire trois films de genre et ce sera fini... Je préfère attendre un peu et me faire remarquer pour ma personnalité, tu vois... Mieux vaut partir à point, tu vois.

Elles prétendaient de concert que ça tombait sous le sens, échafaudaient des théories pour démontrer qu'il n'y avait pas de quoi être envieuses ; d'ailleurs, elles ne l'étaient pas du tout. Roberta commentait gentiment :

— S'il faut avoir l'air d'une gamine pour être contactée, non merci, je préfère quand même avoir l'air d'une femme...

Puis la brune soufflait, balayait l'air de sa main aux ongles impeccablement vernis :

— De toute façon, si c'était au mérite ou aux capacités qu'on progressait dans l'orga, ça se saurait... Ici, c'est un véritable labyrinthe de protections et de privilèges... Et moi, je ne rentre pas dans ce genre de petites combines.

Mathieu a commenté :

— Ça tombe bien, c'est pas donné à tout le monde de réussir ses petites combines, tu sais…

Sourire galant, et il s'est levé pour rejoindre son comptoir. En passant, a ramassé quelques verres vides qui traînaient çà et là.

Tout le monde savait qu'en termes de traitement de faveur au sein de l'orga je battais de larges records, ça leur limitait le déblatérage et j'ai senti qu'elles seraient plus à l'aise si je les laissais entre elles.

J'ai pris mon verre et me suis levée à mon tour.

Saïd était juché sur un tabouret du comptoir, côté caisse enregistreuse. Il jouait aux dés sur un plateau vert avec l'autre serveur.

C'était un garçon qui s'habillait n'importe comment, mais portait les pires frusques de Portugais avec une classe impériale et donnait toujours l'impression de porter un costard. Il se tenait droit en même temps que voûté, mélangeait souplesse et rigidité. Comme un boxeur perpétuellement sur ses gardes, une bombe sur le qui-vive, en place pour l'explosion.

Je lui ai tendu la main :

— J'ai gardé ton chien cet après-midi, je suis passée le ramener à Laure tout à l'heure.

Il a souri :

— J'espère que t'as rien fait de sale avec Macéo ?

— Non, ton chien je l'ai laissé tranquille. Ta femme, par contre, je l'ai trouvée chaude.

Il fallait faire bien attention avec Saïd, parce qu'on pouvait plaisanter, mais mieux valait s'arrêter juste avant épuisement de sa fibre humoristique.

Guillaume est entré, s'est arrêté au comptoir, côté tireuse à bière et distributeur de cacahuètes. Je l'ai rejoint.

Mathieu a rempli nos deux verres.

Chaleur dedans à chaque nouvelle gorgée de whisky, goût familier et bienfaisant. C'était l'heure de l'apéro, la porte crachait de nouvelles gens à intervalles réguliers.

Début de soirée, elles se ressemblaient toutes, une sorte de vaste récré. Je prenais du bon temps et je rigolais bien, continuité plus rassurante qu'étouffante.

JEUDI 7 DÉCEMBRE

14 h 25

Métal enfoncé dans le crâne dès que j'ai repris conscience, trop bu la veille. J'ai attrapé la bouteille d'eau et l'ai vidée d'un trait, ça soulageait mais tous les morceaux de ma tête derrière les yeux restaient lourds et mal en place.

Sonnerie du téléphone.

Je me suis péniblement soulevée pour regarder l'heure affichée en lettres vertes sur le magnétoscope. 14 h 30. J'étais de l'équipe du soir, il fallait que j'y sois à 16 h 30, ça me laissait juste le temps de récupérer figure humaine.

Le répondeur s'est enclenché. Sur le message Sheila chantait : *Vous les copains, je ne vous oublierai jamais.*

Le bip jouait *la Lettre à Élise*, je me sentais boueuse et écœurée.

La Reine-Mère, voix rauque et posée, l'élocution claire et distinguée :

— Bonjour. C'est un message pour Louise : tu ne travailles pas aujourd'hui, L'Endo est fermé. Mais j'ai besoin de te voir. Passe ce soir à 20 heures, évite les fantaisies horaires, s'il te plaît.

Ne se présentait jamais, considérait qu'on reconnaîtrait la voix.

J'avais travaillé dans le premier bar qu'elle avait racheté. Un rad poucrav fréquenté par des ploucs fauchés. Elle avait pris l'affaire en main. Succès fracassant. À force d'obstination et de briefs tonitruants, elle en avait fait un endroit rudement bien fréquenté. Se pressentant des compétences pour motiver les filles, elle avait ensuite ouvert un salon de massage, puis un autre, puis une boîte bien privée… Son bonhomme de parcours ne manquait pas d'éclat.

Elle m'avait à la bonne, à cause d'un truc spécial que je faisais aux clients, et parce que je ne la ramenais guère. Elle aurait bien voulu me faire tourner dans une de ses vidéos, elle venait parfois me voir sur piste et m'emmenait boire un verre après, elle bougonnait : « Y a de la monnaie à faire avec ton cul, toi, tu sais, c'est dommage que tu ne veuilles pas passer aux choses sérieuses… » Peine perdue, j'étais trop réticente.

Je ne le faisais pas avec les garçons. Je ne voulais jamais le faire, je n'étais pas faite pour ça.

Je n'en avais jamais pris la décision, je l'avais simplement toujours su. Ça m'était naturel, enterré loin dedans, évident, solide comme le roc.

Ni dans ma bouche, ni dans mon cul, ni dans mon ventre. Personne là-dedans, jamais. Dehors moi, tout ce petit monde, je n'étais pas faite pour ça.

Je ne l'avais jamais dit à personne. Je racontais ce qu'il fallait, pour que ça ne se sache pas. Je m'inventais des histoires, çà et là, je prenais soin de glisser quelques sous-entendus. Que ça ne se sache pas.

Je savais que si j'en parlais les gens le prendraient mal et n'y comprendraient rien. Ils en feraient tout un drame et voudraient discuter. Je les connaissais, les gens.

Et avec l'âpreté des imposteurs qui vivent dans la crainte confuse de se faire démasquer, je donnais le change avec application. Qu'on me laisse tranquille avec ça.

J'avais quelque chose dedans, je le savais, une sale chose bien à moi, qui devait rester cachée.

J'avais tellement pris le pli, de mentir, de dissimuler, je n'y pensais tout simplement jamais. Ça n'était pas important, ça ne regardait que moi.

L'annonce du « pas de travail » m'a incitée à me lever, puisque je n'avais rien à faire, autant en profiter.

Debout dans la cuisine, j'attendais que l'aspirine fonde dans un pétillement pénible. Guillaume avait mangé à la maison et n'avait pas débarrassé la table.

La porte de sa chambre donnait sur la cuisine, elle était restée grande ouverte. Pièce vide. Il avait dormi ailleurs. Plus moyen de faire resurgir le moment de la veille où l'on s'était séparés, j'étais donc incapable du moindre pronostic concernant l'heureuse élue.

Guillaume était mon frère cadet de un an, nous avions toujours habité ensemble.

Je suis allée m'installer dans son pieu, parce qu'il avait un sommier et pas moi. Et aussi parce qu'il lavait son linge chez la mère et il avait l'odeur de quand on était gamins. Il y avait une machine à la maison, mais Guillaume refusait de s'en servir. « Après il faut étendre le linge, personne te le repasse, c'est lourd. »

Un autre avantage de la chambre à Guillaume, c'est qu'on y entendait tout ce qui se passait chez les voisins. Deux érémistes probablement sponsorisés par leurs familles respectives, couchés du soir au matin. Un soir où j'avais perdu mes clés, j'avais été invitée à fumer le spliff chez eux en attendant que Guillaume rentre. Une piaule immense et peu meublée : deux matelas côte à côte en plein milieu, à même le sol, couverts de couettes et d'oreillers. Et tout autour de ce lit rayonnaient les choses indispensables, à portée de main. Cafetière, journaux, télécommande télémagnétoscope-stéréo, boîtiers de vidéos, boîtiers de cassettes, bouteille d'eau, cendrier, feuilles à rouler, petits gâteaux, téléphone... Un bordel insondable et circulaire. La voisine était brune, portait souvent un anorak bleu comme ceux que les gosses de pauvres récupèrent au Secours populaire pour partir en classe de neige. Ça n'était pas une gosse de pauvres, juste un genre qu'elle se donnait. Elle avait l'air gauche, mal dans sa peau. Comment elle était chienne, fallait l'entendre pour le croire, parce qu'à la voir on n'aurait pas cru. Ils forniquaient plus souvent qu'à leur tour, j'écoutais ça consciencieusement.

Mais ce jour-là, les voisins n'ont pas fait le show.

Toujours pas moyen de me rendormir, alors j'ai attendu que ça passe en regardant le plafond. Il n'y avait qu'un lit dans la chambre à Guillaume. Quand on avait emménagé, il avait parlé de tout repeindre, mettre des étagères de haut en bas, des lampes halogènes et de lourds doubles rideaux pour faire bien chaleureux. Quelques années de ça, et il n'y avait toujours que son lit posé en plein milieu, et un poster de coucher de soleil qui était au mur quand on était arrivés.

Le téléphone a encore sonné, le répondeur s'est enclenché, *la Lettre à Élise* durait un peu plus longtemps :

— Louise, t'es là ? C'est Roberta, je viens d'avoir la Reine-Mère au téléphone, on ne travaille pas aujourd'hui, j'appelais pour m'assurer que tu étais au corant...

J'ai grommelé :

— Mais laisse-moi tranquille, sale pute, sans me donner la peine de décrocher.

18 h 00

Le nez dehors, j'avais les pensées encore en
désordre et le froid m'a déchiré toute la peau
en un seul coup. Je me suis recroquevillée à
l'intérieur. Il faisait déjà nuit, éclaboussures de
lumières, l'impression d'être larguée dans un
manège crasseux.

En attendant de pouvoir traverser, au croise-
ment de la rue de l'Annonciade et de celle du
Jardin-des-Plantes, j'ai vérifié ma face dans la
vitrine du coiffeur. Je m'étais maquillée à l'arraché, un effort peu concluant pour être présen-
table. Badigeonnée de fond de teint trop clair,
trop de noir sous les yeux et la bouche rouge
saignant tranchait bizarrement. Cou blafard,
manteau noir, une bonne réplique de femelle
vampire qui sort dès la nuit tombée se rafraîchir
les gencives.

En hiver, c'était facile de ne pas voir le jour pendant des semaines entières. Ça donnait le teint bien crayeux, la peau rodée au clair de lune. Et une humeur particulière. En l'occurrence je me sentais mal, écorchée par le vent et la migraine tenace.

Les escaliers qui mènent à la rue Pierre-Blanc m'ont semblé encore plus pénibles qu'à l'habitude. Il fallait ingurgiter beaucoup d'air pour les gravir et l'air me meurtrissait l'intérieur.

Le bar faisait tache jaune au coin de la rue, rassurante à force de la retrouver chaque jour.

Mathieu m'a tendu sa main gauche à serrer, de l'autre il rinçait un verre au petit jet d'eau de la tireuse, puis l'a collé contre un robinet estampillé Adel Scott, penché comme il faut pour éviter qu'il y ait trop de mousse. L'a posé sur le côté et a rempli un autre demi. S'est étonné :

— T'es pas à L'Endo ?

— C'était méfer aujourd'hui, la Reine-Mère m'a appelée tout à l'heure.

— Ils ferment le jeudi, eux ?

— Non, y a quelque chose, je sais pas quoi. Mais je ne suis pas du genre à me plaindre de ne pas travailler.

— Une simple affaire de bon sens. Qu'est-ce que tu bois ?

Je suis allée m'asseoir à la table du fond, à côté du billard.

Mathieu s'est affalé à côté de moi, a posé nos deux verres sur la table. Il avait l'air exténué. C'était un garçon que le sexe motivait davantage que le repos.

La première gorgée était difficile à faire passer, lèvres et gorge brûlées en même temps que mon corps signifia qu'il n'en voulait pas, qu'il en avait eu assez la veille. Nausée toute proche. Mais quasi simultanément l'alcool s'emmêlait au sang, montait au crâne en dégageant du chaud en chaque veine. Ça respirait déjà plus facilement.

Julien est arrivé, un sac-poubelle bourré à exploser dans chaque main. Il était au plus bas, il exprimait ça très bien en voûtant les épaules et en laissant son regard couler sur la salle avec un air désenchanté.

Julien faisait des voyages pour la Reine-Mère, je ne savais pas bien ce qu'il transportait, et je ne tenais pas à le savoir. Mais il était souvent sur les routes pour elle.

Le reste du temps, il s'occupait de tomber fou amoureux de filles qui le comprenaient mal. Alors il marchait dans la ville, tête baissée. Ou bien il écoutait des chansons tristes, enfermé chez lui, volets clos.

Il est venu s'asseoir à notre table, Mathieu a fait remarquer :

— T'as oublié de déposer les poubelles en bas de chez toi ?

Julien a soupiré :

— J'ai plus de chez-moi. Tout ce que j'ai, ça tient dans ces deux sacs. Toute ma vie, dans ces deux sacs.

Bien sûr, ça nous a fait bien rigoler. Il n'avait jamais de chez-lui, il demandait à quelqu'un de le dépanner pour quelques jours, s'installait pour le mois, ça se passait mal, il recommençait ailleurs. Il disait qu'il ne voulait pas de chez-lui, que la maison était le tombeau de l'homme libre.

Ces derniers temps, il avait récupéré un jeu des clés du tombeau de Laetitia, une étudiante lisse et tranquille qu'il voulait épouser. Il a ajouté, ébahi :

— Cette conne m'a foutu dehors, comme un chien.

Je me suis tenue au courant :

— C'est plus la femme de tes rêves ?

— C'est qu'une conne, elle veut plus me voir, elle a même pas voulu me prêter des valises.

Mathieu a ricané :

— Arrête, Julien, c'est pas une conne, c'est toi qui fais n'importe quoi : t'as jamais autant tiré n'importe qui que depuis que t'es avec elle.

— Et alors, ça veut dire que je l'aime pas, ça ? Au contraire, ça veut dire que j'ai peur de m'engager et que j'adopte un comportement puéril, il faut me laisser du temps. Ça prend vachement de temps et d'efforts de se mettre avec quelqu'un. Elle comprend pas ça, on peut pas dire qu'elle comprenne grand-chose d'ailleurs. Elle, tout ce qu'elle voit, c'est que je découche. Le bout de son nez, grand maximum, plus loin elle aurait le vertige. Moi je dis : « Je t'aime, je t'aime, je veux être avec toi pour la vie », et tout ce qui l'intéresse c'est : « Mais où t'as passé la nuit, avec qui ? » C'est qu'une conne, je te dis, elle connaît rien à la vie. Mais j'ai assez souffert comme ça, je préfère ne pas en parler.

Julien était vraiment beau gosse. Grand brun ténébreux, parfait. Bien abîmé, ce qui lui décalait un peu le charme. Les chicots noir et jaune des grands croqueurs d'acide, et les yeux délirants fouillaient l'espace trop nerveusement.

Il a croisé les bras, ajouté d'un air las :

— Je suis trop connecté à mes sentiments, c'est ça que les filles supportent pas avec moi. Ce qu'elles aiment, c'est les types rigides, qui se censurent et qui les rendent bien malheureuses. Ça les rassure.

Mathieu a corrigé en se levant :

— Moi, je te trouve surtout bien connecté à ta rondelle, tu devrais arrêter de te la tripoter songeusement de temps à autre, ça ferait du repos à tout le monde.

Et il m'a fait signe de vider mon verre parce qu'il passait par le comptoir remettre la sienne. Julien a protesté :

— Excuse-moi si je te fatigue avec mes histoires, je peux me taire, tu sais.

— C'est pas tes histoires qui me fatiguent... C'est de savoir où tu vas dormir ce soir.

Quand Julien se faisait lourder, il se réfugiait toujours chez Mathieu le temps de retrouver un autre endroit où se faire héberger. Il a secoué la tête :

— Non, non... T'inquiète pas, j'ai un plan pour ce soir.

— C'est pour ça que t'as ramené tes affaires directement ici ?

— Ouais. C'est quelqu'un qui va venir ici. Qu'est-ce que tu crois, que je connais que toi dans cette ville ?

L'honneur bafoué de quand on a effectivement quelque chose à se reprocher.

Mathieu n'a rien dit, il est reparti vers le bar.

Roberta est entrée, elle portait une robe bleu électrique tellement courte qu'on aurait cru qu'elle était encore au travail. Elle nous a tous embrassés pour dire bonjour et s'est assise, la robe remontait jusqu'aux hanches. Julien s'est penché vers elle, a murmuré :

— À ta place, j'éviterais de m'habiller si court. Elle a gloussé :

— Ça excite trop, tu trouves ?

— Non, justement. Ça écœure, c'est la cellulite, par paquets comme ça je trouve ça dégueulasse.

Roberta n'a pas trouvé ça drôle. Elle a haussé les épaules, tourné la tête vers moi :

— Tu sais pourquoi on bosse pas aujourd'hui ?

— Non. Et toi ?

— Non plus. Mais je pense que c'est la plomberie, ça fait un moment déjà que je fais remarquer à Gino que la plomberie déconne, elle fait un boucan d'enfer, t'as remarqué ? Ça m'étonnerait pas du tout que ça soit une conduite pétée ou un truc comme ça. J'espère pour eux que c'est bien assuré parce que ça fait tout de suite cher, surtout L'Endo, si l'eau se répand partout, avec la moquette sur la piste… Remarque, non, la piste, elle est surélevée. Avant que ça soit inondé…

Elle pouvait s'étendre là-dessus pendant des heures. J'ai regretté qu'on fréquente le même bar en dehors des heures de boulot.

J'ai déplié le journal qui traînait sur la table, et j'ai tourné les pages. Second verre apporté, sitôt vidé, je me sentais début de chaude, délicieusement dénouée.

Roberta, qui s'ennuyait, est partie à une autre table discuter plomberie.

Julien m'a demandé :

— Elle a un appartement, Roberta ?

— Ouais, mais c'est vraiment petit.

Il a fait la grimace, a ajouté :

— Une fille comme ça, il faut de l'espace pour que ça soit viable, sinon tu deviens fou.

Macéo a fait une entrée tonitruante, vol plané de tabourets et dispersion de clients au comptoir. Le chien s'est lancé derrière le bar, dérapage en tournant, direct au lavabo où il s'est mis debout, attendant que Mathieu lui ouvre le robinet, son énorme langue déployée et haletante... Il était aussi grand que Mathieu une fois dressé sur ses pattes arrière.

Laure a fini par débarquer à sa suite, elle était aussi chétive que son clebs était costaud. Elle habitait la rue au-dessus et tous les jours elle venait récupérer Macéo qui lui avait échappé pour s'engouffrer dans le bar.

54

Julien a commenté :

— Faudrait que je passe faire tirer des photos un de ces jours, je crois qu'elle gagnerait à me connaître celle-là.

— Dans le mouvement tu feras connaissance avec le coup de boule à Saïd, si ça se trouve ça te calmera quelques jours…

Saïd était connu pour s'énerver facilement, et être en mesure de démolir n'importe qui à mains nues.

Sur le mur face au comptoir s'étalait un énorme : *How do you do when you can't fake it anymore ?* qu'il avait peint, à l'époque où il travaillait encore avec l'orga. Couleurs vives, lettres déformées qu'on ne déchiffrait qu'à force d'obstination. Au premier coup d'œil, on n'y voyait qu'une explosion, genre hémorragie interne. Puis l'œil s'habituait à ce fatras nerveux, y retrouvait ses repères et se mettait à comprendre.

Julien s'est levé, a posé dix francs au bord de la table de billard, pour prendre le gagnant. Il a regardé la partie finissante, debout, allumé une clope en plissant les yeux, un tic de beau gosse rebelle.

Je suis allée au comptoir pour appeler un taxi, car Le Checking Point était hors du quartier.

Laure attendait toujours, Mathieu et Macéo étaient dans un jour de grande entente. Elle était debout à côté de la porte, regardait ses pieds, ne manifestait aucune impatience. Je l'ai rejointe.

Elle a levé sur moi ses énormes yeux bleus globuleux, cils fournis et éperdument longs, la pupille noire inquiète au centre, sourire panique effarouché. Elle parlait tellement bas que je n'ai rien compris à ce qu'elle a bredouillé. J'ai donc souri d'un air entendu et rassurant, en espérant que ce n'était pas une question qu'elle venait de me poser.

Mathieu a lâché le chien, qu'elle a rappelé à elle de cette voix autoritaire et grave réservée au molosse. Elle l'a entraîné dehors, sans dire au revoir à personne. Je l'ai suivie des yeux par la vitre ; pendant qu'elle s'éloignait, le chien lui collait aux mollets. Elle lui parlait en marchant, je n'entendais pas, mais je voyais sa tête se pencher vers lui, comme pour savoir ce qu'il en pensait.

Quelqu'un a braillé :

— La porte ! parce qu'elle ne l'avait pas refermée derrière elle et ça faisait un grand courant d'air froid.

Le taxi a klaxonné devant, j'ai fait des signes de la main pour dire au revoir à tout le monde et me suis précipitée dehors.

Je suis arrivée pile en même temps que le premier coup de klaxon de voiture arrêtée par le taxi.

Sur le trottoir d'en face j'ai vu Sonia, flanquée d'un beau gosse à lunettes noires, je me suis excusée en ouvrant la portière :

— J'ai pas le temps, Sonia, je te verrai tout à l'heure.

Elle s'est précipitée, a retenu la portière :

— Tu vas où ?

— Au Check.

Elle s'est engouffrée à côté de moi, plantant sur le trottoir le type avec qui elle était.

Le taxi a démarré, Sonia a soufflé bruyamment :

— Putain de lourd, j'ai cru que jamais je ne m'en dépêtrerais… Tu vas où, t'as dit ?

— Au Check, j'ai rencard avec la Reine-Mère.

19 h 30

Porte du taxi à peine claquée, Sonia se penchait vers le chauffeur :

— Vous passerez par la Part-Dieu, s'il vous plaît.

— Part-Dieu ? Eh ben, ma petite dame, on peut dire que vous aimez les détours, vous !

Elle est restée en avant, appuyée contre son siège, songeuse, regardant droit devant elle. Puis du bout des lèvres, démarré au moindre prétexte :

— C'est que la petite dame a les moyens de s'offrir le tour de la ville ; d'ailleurs, pour aller à Part-Dieu, vous passerez par Perrache. La petite dame a quelque chose à récupérer, et elle vous dispense de tout commentaire. On est pas copains, et elle est pas dans ton taxi pour causer avec toi.

J'ai eu ma minute dérapante, parlé beaucoup trop brusque :

— Va te faire enculer, Sonia, moi je vais au Checking direct, je veux pas être en retard, tu gardes le taxi après si ça t'amuse, mais moi je fais pas le tour de Lyon.

Et Sonia, pas du tout ébranlée :

— On en a pour deux minutes, Louise, le petit monsieur va faire vite.

Moi, survoltée, au chauffeur qui avait déjà traversé le pont pour prendre les quais en sens inverse :

— Ne l'écoutez pas, nous allons directement quai Pierre-Size.

Puis me tournant vers Sonia, excédée :

— Et toi, tu fermes ta gueule.

À chaque fois qu'on se rencontrait j'étais contente de voir Sonia et invariablement elle me tirait hors gonds en un temps record. Ça ne me déplaisait pas de pouvoir lui parler brusque, ça changeait des conversations où il fallait toujours veiller à garder le cul serré pour que les humeurs ne sortent pas trop crues.

C'était une fille singulière, survoltée et majestueuse. Excessive en toutes choses, tarée sans feinte mais dotée d'un sens rare de l'abus systématique. Elle débordait d'énergie, comme un moteur qui tournerait furieusement mais à vide, sans mettre en route aucune machine.

Côté tapin, elle s'en tirait rudement bien, la Reine-Mère étant parvenue à lui faire canaliser un peu de sa hargne dans l'essorage de clients.

Elle gagnait des sommes considérables, qu'elle dépensait avec une fièvre convulsive. Ne se déplaçait qu'en taxi, n'habitait qu'à l'hôtel, arrivait dans les bars, sortait sa liasse, mettait la sienne, donnait un argent fou à ceux qu'elle estimait être de vrais amis – on rentrait aussi facilement dans la liste qu'on en était exclu avec fracas. Par-dessus tout, elle aimait recruter de la bonne racaille, et l'embarquer claquer dans de grands endroits, taper le scandale à l'entrée parce qu'on ne voulait pas les laisser rentrer, taper le scandale dans les restos parce que le garçon parlait mal à Untel, cracher par terre et parler fort avec les mains. Vérifiant, à chaque fois, avec un plaisir malsain, jusqu'où on la laisserait aller une liasse à la main.

Quand elle n'était pas rouge de colère, elle était écarlate de rire, en pleurait souvent, devait s'asseoir quelque part parce que le fou rire lui durait trop longtemps, la secouait tout entière.

Dans le taxi, elle a commencé par se calmer, maugréant :

— Si t'es tellement dans le rush que t'as pas cinq minutes pour que je passe acheter un journal et récupérer un truc à mon hôtel, t'as pas cinq minutes et c'est tout… C'est pas une raison pour te monter le chiraud comme ça…

Puis elle a tiré une clope de son sac, l'a allumée. Le chauffeur a fait remarquer qu'on ne fumait pas dans son taxi. Assez gentiment, parce que cette fille tapait une classe infernale et que tout le monde commençait par être aimable avec elle. Sonia s'est ruée sur l'occasion :

— Qu'est-ce que c'est que ce balourd, d'où j'ai pas le droit de fumer ?

Elle aboyait les mots. Il a doctement confirmé :

— Non, mademoiselle, ni vous ni personne.

— Attends, j'ouvre la fenêtre, tu vas pas me dire que ça te dérange ? Au prix où je paie de toute façon, je peux bien te déranger un peu, O.K. ?

Le chauffeur n'était pas un vrai conflictuel ; comprenant qu'elle était infiniment plus pénible que bandante, il s'est arrêté au premier feu rouge, a bloqué son compteur et réclamé sa course. Tout étant relatif, et considérant le déluge d'insultes qu'il s'est ainsi attirées, je l'ai trouvé stoïque et courtois. Sonia, royale et la gueule déformée par un rictus de mépris haineux qu'elle portait plutôt bien, lui a laissé vingt sacs en susurrant :

— Et ton taxi, chéri, mets-toi bien dans le crâne que si ça m'amuse, demain tu le tapisses panthère et tu portes un bonnet à pompon. Alors frime pas trop, tu pourrais le regretter.

Et on est parties à pied, le pont des Terreaux n'était qu'à quelques centaines de mètres derrière nous. Ça nous faisait une trotte jusqu'au Checking.

J'aimais bien sa tête quand elle s'énervait. J'aimais moins marcher, et encore moins me faire remarquer, alors je faisais un peu la gueule. Mais comme elle ne l'a plus fermée de tout le voyage, mon silence boudeur n'a rien changé à son monologue survolté. Elle avait quinze embrouilles de taxi à raconter.

— C'est trop une sale race, faut pas hésiter à être désagréable avec eux, sérieux…

Oreille distraite, je regardais le fleuve. Eau noire et brillant faiblement, grosse langue de ténèbres. L'air glacé me détruisait les bronches et la marche chassait le peu d'alcool que j'avais emmagasiné. J'avais hâte qu'on arrive, et Sonia ne l'a pas fermée de tout le voyage.

19 h 55

En quelques pas l'air glacé avait traversé mon blouson. J'avançais, voûtée, coudes collés au corps et le visage tordu en un rictus de résistance au froid.

La lumière bleue du Checking est apparue en bout de route. De l'extérieur, le bâtiment ressemblait à une manufacture abandonnée, sans fioritures, carré de béton.

Porte blindée, noire et très haute, nous avons sonné et attendu que de l'intérieur on nous vérifie la face. Il fallait penser à reculer d'un pas au bruit du lourd système de verrouillage qu'on manœuvre pour ne pas prendre la porte dans la tête, car elle s'ouvrait sur l'extérieur. Les non-avertis se la prenaient régulièrement pleine tête, ce qui ne manquait jamais de nous donner le fou rire.

Les deux filles de l'entrée se sont écartées pour nous laisser entrer, révérence discrète et rigide, d'inspiration très militaire : le torse se pliait en avant, mouvement sec et élégant. Tailleurs bleu sombre, talons aiguilles et chignons impeccables. J'ai toujours eu du mal à les distinguer les unes des autres. La Reine-Mère en plaçait un peu partout dans sa boîte, toutes les mêmes, exactement. Brunes, corpulences de nageuses Est-allemandes, jambes interminables, mâchoires carrées et le teint mat. Elles assuraient le service d'ordre sans jamais papoter entre elles, polies mais rarement souriantes. Elles y étaient pour beaucoup dans le folklore du Checking Point.

La Reine-Mère avait un sens aigu de l'image qui en impose.

Le vestibule de la boîte ressemblait à un hall d'hôtel new-yorkais tel qu'on en voit dans certains films. Déluge de marbre blanc et de dorures astiquées, reluisantes. Tapis moelleux, lustres dégoulinants de verroteries savamment agencées. Exagération sur le luxe et le grandiose. Silence impénétrable. Que les choses soient claires : on arrivait chez la Reine-Mère et elle avait les moyens de faire les choses en grand.

Puis on traversait un long couloir tapissé de velours pourpre, escorté d'une des filles. Des fois qu'on pisse contre le velours… Je ne faisais plus attention au décor, le Checking était le QG de l'orga, on traînait là tous les soirs.

En revanche je ne m'étais jamais habituée au choc, lorsqu'on débarquait dans la boîte proprement dite. Le passage du silence cathédrale lumière blanche au chaos stroboscopé de la salle. Des kilos de sono, et il fallait que ça s'entende. Que les basses aient de l'impact sur la peau, sinon à quoi ça sert. À chaque fois, c'était comme se faire happer dans le gros ventre sombre d'une baleine bien attaquée.

And you're as funny as a bank.

Chaleur moite, à cause de la sueur évaporée dans l'air, lights arrogants et salles bondées. C'était pourtant tôt mais l'endroit était vraiment prisé. Sur le mur du fond, *Suck my Kiss* s'étalait en lettres bloc, argentées, détourées d'un rouge vif et brillant. Et tout autour, entrelacs de couleurs maladivement embrouillées, gangrène déployée le long des murs.

Je me suis assise juste après la porte, là où le bar faisait un angle. C'était la place du premier verre, le temps que la sensation d'avoir pénétré à l'intérieur d'un haut-parleur devienne agréable, que les yeux s'habituent aux crépitements des lights, que le cerveau y aille de son petit résumé des faits : y avait-il du monde, qui était dans la cabine DJ, qui servait au bar, et toutes ces menues choses qui permettraient ensuite d'évoluer là-dedans sans l'ombre d'une hésitation.

Les tabourets étaient très hauts, pratiques pour les filles pour faire des figures avec leurs jambes, elles ne s'en privaient pas, adéquats pour les garçons pour prendre des poses de cow-boys post-Apocalypse, ils faisaient ça très bien.

Sonia s'est directement précipitée en piste, est entrée dans une transe nerfs à vif en quelques coups de croupe, tête basculée en arrière, processus d'exorcisme langoureux. Violence rentrée, ressortie déformée, à base d'ondulations du bassin.

J'ai vidé mon verre par toutes petites gorgées, sans jamais le lâcher des mains, dos au comptoir, en regardant les salles alentour.

La Reine-Mère a fait son entrée. Costume gris clair, coupe irréprochable. Talons très hauts, qu'elle réussissait à porter comme des rangers de femme. Au Checking, ça ne s'entendait pas, mais dans la rue elle faisait un bruit incroyable avec ça, martèlement sec et impérieux. Cravate dénouée, chemise blanche déboutonnée, juste de quoi laisser entrevoir une bretelle noire de soutien-gorge, ainsi qu'une clavicule remarquable.

Elle était flanquée de deux filles, imperturbables et droites, ses gouines de confiance. Pendant un temps, les deux affectées au service de la Reine-Mère seraient soumises à un rude entraînement, mise de pression continuelle, formation rapprochée. Puis elle les balancerait à un poste de confiance et s'enticherait de nouvelles filles. La Reine-Mère était capable de faire rentrer dans le crâne de la plus complexée des gamines une force incroyable, elle déverrouillait les cerveaux, bricolait quelque chose et mettait les gens en route. Son regard sur les filles extirpait de chacune d'elles une version améliorée.

Elle a pris le temps de dire bonjour à tout le monde. Chez elle. Elle se penchait en souriant sur le cas de chacun, un mot gentil ou drôle. Aimait à prendre ainsi son bain de fidèles, inspection de ses troupes, prise de température. Elle avait le contact physique facile, prenait les gens par l'épaule, les gratifiait d'une petite tape sur l'avant-bras. Elle avait grandi en se gavant de films italo-américains, en reproduisant avec talent la mafieuse atmosphère.

Arrivée à notre hauteur, elle m'a tendu la main. Nous échangions toujours des poignées de main très viriles, style convention de tatouage. J'avais remarqué que je me tenais spontanément droite quand elle venait me saluer. Au garde-à-vous, poitrine en avant.

Sonia nous a rejointes, s'est assise avec nous, pour une fois relativement calme. La Reine-Mère lui faisait comme un sédatif. Sonia aimait à raconter que lorsqu'elle était entrée dans le sérail de l'orga, elle n'était qu'une merdeuse sans repère ni promesse d'avenir. Elle avait la reconnaissance particulièrement tapageuse, mais il était courant que les filles fassent preuve d'une conscience très nette du clivage avant-après orga, un paradoxal apprentissage de la dignité dans la prostitution.

Sonia s'est penchée vers elle pour lui parler, nous étions tous coutumiers du dialogue bouche collée à l'oreille, mouvements de tête rapides pour se répondre, voix bien placée pour ne pas assourdir mais couvrir le vacarme ambiant. Elle parlait d'un client avec qui elle avait un différend :

— Moi, je veux bien qu'il vienne faire le ménage chez moi tous les jours, et qu'il le fasse en string si ça l'amuse, ça ne me dérange pas plus que ça… Tant qu'il raque, je m'en carre que ça soit pour faire la vaisselle, au contraire. Tu vois ? Mais je lui chie pas dessus, c'est hors de question… Il faudrait le mettre sur quelqu'un d'autre, une fille qui lui conviendrait mieux.

La Reine-Mère a acquiescé :

— Il fait appel depuis assez longtemps à nos listings pour le savoir : il n'a pas à te demander des trucs pareils. Nous verrons ça, ne t'inquiète pas.

Elle a vidé son verre, imitée par ses gouines de compagnie, puis m'a fait signe. Il était temps de passer à son bureau.

Nous avons traversé toute la boîte, jusqu'au mur du fond, porte étroite qui donnait sur un escalier.

20 h 15

Son bureau : tentures vert bouteille et bordeaux, caricature de luxe XIXe – enfin, tel qu'elle imaginait ça, en fait ça faisait plutôt bordel de western. Avalanche de gadgets coûteux, matériaux hors de prix. Le déroulement des fax faisait bruissement de fond. Derrière elle, mur d'écrans de contrôle, qu'elle ait toute la boîte sous les yeux. Jusqu'aux chiottes, qui n'étaient pas l'endroit le moins révélateur de l'endroit. Ce délire inquisiteur n'était pas uniquement un rappel de son omniprésence parmi nous, elle passait effectivement des heures entières à regarder son petit monde, observer-déchiffrer le comportement de chacun d'entre nous, en se posant des énigmes qui n'auraient jamais effleuré le commun des mortels, relevant des détails apparemment anodins auxquels elle donnait sens.

Cette passion des autres lui valait de nous connaître tous jusqu'à la corde, et de relever chaque marque d'évolution. Un monstre dans son genre.

Un immense tableau de Saïd, formes orange éclaboussées de noir, trônait à côté des moniteurs.

Je me suis enfoncée dans mon siège en attendant qu'elle s'asseye et me dise pourquoi j'étais là.

Son siège à elle tenait du trône, personne d'autre n'aurait pu s'y asseoir sans disparaître complètement.

À sa demande, j'ai fait un rapide topo sur comment ça se passait à l'Endo avec Stef et Lola. Comme quoi je n'avais pas à me plaindre, mais je ne travaillais pas avec elles, et que c'était plutôt vers Gino qu'il fallait se tourner pour savoir comment les filles s'en sortaient. Ça ne me surprenait pas qu'elle me demande ce que je pensais d'elles, puisqu'elles étaient en période d'essai. Ça ressemblait bien à de la *Mothership* méthode. C'est le truc autour qui cafouillait et me grimpait l'alarme en crescendo. Elle a hoché la tête en regardant son verre :

— Ça s'est passé comment entre toi et elles ? J'entends à un niveau personnel.

. Et je l'ai sentie très attentive. Elle continuait d'interroger :

— Elles t'ont déjà parlé de leur vie à Paris ?

J'étais passée sur la défensive, spontanément méfiante, je me suis redressée sur mon siège et l'ai interrompue :

— Ça me plairait d'en savoir plus sur la nature de l'embrouille avant d'en discuter… J'ai rien de spectaculaire à dissimuler mais je me sentirais plus à l'aise.

— J'ai un gros problème avec ces filles.

La tradition voulait que la Reine-Mère ait la réponse facile et cinglante. Mise à mal des traditions. Qu'elle hésite sur le marché à suivre était événementiel ; qu'elle l'admette abruptement relevait du jamais-vu. Mais qu'elle emploie la première personne du singulier pour un problème lié à l'orga n'était pas pensable. Depuis la première savonnette de biz dans laquelle elle avait investi, la Reine-Mère ne parlait qu'au nom du groupe, à la première personne du pluriel. Pas monarque, juste porte-parole. S'il y a nuance possible entre les deux. Elle ne réfléchissait qu'au pluriel. Ça permettait notamment de faire sentir aux gens qu'ils étaient importants, qu'ils étaient responsables. Des échecs cuisants, comme des réussites éclatantes.

Elle a sorti une enveloppe du tiroir, en a extrait quelques photos qu'elle m'a tendues. Que je voie de quoi il s'agissait avant qu'on entame les commentaires.

Sur le coup, je ne l'ai pas mal pris. Ce n'est jamais évident de savoir à quel point on est touché par quelque chose au moment même où ça se produit, c'est aux séquelles qu'on apprécie l'ampleur d'un traumatisme.

Je me suis d'abord bornée à comprendre qu'il s'agissait de corps humains. Il n'y avait pas moyen de reconnaître les filles au premier coup d'œil. J'y suis allée de mon commentaire détaché, sans effort :

— C'est pas comme si ça avait plaisanté.

Et j'ai attendu qu'elle dise quelque chose, consultant les clichés un par un, mécaniquement.

Blocage, je ne pensais rien du tout, je regardais, j'enregistrais. Par la suite, j'ai eu l'occasion de vérifier que, bloquée ou pas, j'enregistrais vraiment bien, image par image, dans ses moindres détails.

Les deux corps étaient intacts jusqu'à la taille. C'est ainsi que j'ai reconnu de qui il s'agissait, à cause des pieds absolument parfaits de l'une et des cafards qui grimpaient le long des cuisses de l'autre.

Allongées, à quelques pas l'une de l'autre, étalées sur le carrelage. À partir de la taille, de larges plaques rouges de chair à vif tranchaient sur des lambeaux de corps intact, d'un blanc devenu indécent. Gorges et visages bien nettoyés, écorchés. Des morceaux d'os, un œil arraché de son orbite, une lèvre rose et pendante. Langue sectionnée de l'une balancée dans la bouche de l'autre.

Les cafards noirs grimpaient, disparaissaient dans le carré brun clairsemé de Lola, et ses cuisses un peu grasses faisaient un tas inerte, plus large que lorsqu'elle était vivante.

Prises de si près, on remarquait que ses jambes étaient rasées n'importe comment.

Stéphanie, son ventre légèrement bombé, nombril bien dessiné, sombre et joliment creusé, chevilles délicates, cheveux bruns répandus sur le sol. Trempant dans le rouge. Le carrelage blanc autour était impeccable, brillant et net.

La Reine-Mère a fini par interrompre ma studieuse contemplation :

— Ça s'est passé hier soir, c'est un coursier qui les a trouvées dans la nuit. Parce qu'il devait passer voir Lola, lui refourguer je ne sais quelle came. La porte n'était pas fermée à clé, il est entré, je ne sais pas trop ce qui lui a pris, soi-disant qu'il s'inquiétait pour Lola. Il paraît qu'elle se mettait le compte sévère ?

Je répondis distraitement, sans réfléchir, ma voix était douce et presque enjouée :

— Vu la tournure qu'ont pris les choses elle aurait eu tort de se ménager.

Et j'ai souri, un grand sourire sincère, comme j'en avais rarement. J'ai demandé :

— Et c'est maintenant qu'on est prévenus ? Ça aurait pu être un client, il aurait pu passer chez chacune d'entre nous dans la journée. Roberta est au courant ? Est-ce que les keufs sont au courant ? Et Gino, est-ce qu'il sait ?

Sans me rendre compte que j'alignais les questions sur un ton tout à fait stupide, et sans attendre de réponse. Je me rassemblais les esprits à voix haute.

La Reine-Mère a rempli une deuxième fois nos verres, voix de femme que le chaos n'inquiète pas :

— Bien sûr, les flics sont prévenus, on ne pouvait pas se permettre… Un truc pareil… Mais j'ai préféré prétendre qu'il s'agissait d'un règlement de comptes entre maisons, que j'avais l'œil sur le coupable et que je leur donnerais bientôt tous les éléments pour… On a gagné du temps en fait. Je préférerais vraiment qu'on règle ça avant qu'ils s'en mêlent sérieusement. Ça va faire court comme délai. Je verrai Roberta tout à l'heure, je vais l'appeler. Je tenais à te voir avant, au cas où tu aurais… quelque chose de précis à indiquer. Ça va pour toi, tu n'es pas trop ébranlée ?

— Pas de problème. Je suis pas sur les photos, moi.

Et ça m'a fait rire, je me suis fait rappeler à l'ordre :

— J'aurais besoin que tu te concentres, que tu me dises tout ce dont tu te souviens concernant ces deux filles, et que tu fasses un effort, pour retrouver n'importe quel élément sur les clients que tu as vus ces derniers temps, quoi que ce soit de suspect, même quelque chose d'insignifiant.

— Pour les clients, c'est vite vu, ils étaient tous tout à fait normaux… enfin comme d'hab.

J'ai essayé d'y réfléchir un moment, me suis creusé le cerveau à la recherche des derniers clients à qui j'avais eu à faire dans la semaine. Succession d'images, un petit Juif bedonnant qui voulait me voir m'enfoncer un thermomètre qu'il avait apporté avec lui ; un gamin blond quasi autiste et plutôt beau gosse qui me traitait de cochonne – juste ce mot, en boucle – « cochonne cochonne cochonne », comme si c'était ce qu'il avait de plus brûlant à dire ; un monsieur chauve, souriant, mielleux, avec un sexe minuscule… Des clients me sont revenus, mais à la question :

« L'un d'eux est-il bizarre ou dangereux ? » j'ai recommencé à rire. Comme à l'école, moins c'est le moment, plus ça monte.

J'ai expliqué :

— Pour ce qui est des clients, c'est forcément difficile de juger, on les voit quand même dans des circonstances bien particulières, c'est-à-dire… ils se laissent un peu aller quoi, pas évident de savoir si ça cache quelque chose de grave ou s'ils se reprennent à la sortie.

La Reine-Mère ne perdait pas de vue l'essentiel :

— Et sur les filles, tu sais quoi exactement ?

— On se croisait juste, elles sont pas du quartier. Stef faisait du sport, Lola se défonçait pas mal. Elles habitaient ensemble depuis qu'elles étaient arrivées de Paris.

— Ça, je sais.

— Pas étonnant, tu en sais probablement plus long que moi sur elles.

— J'ai de grosses lacunes dans leurs CV… Elles t'ont parlé de ce qu'elles faisaient à Paris ?

J'ai fait mine de chercher, puis non de la tête. Je ne voulais pas lui dire que je les avais déjà vues, parce que je tenais à éviter les soucis. Elle a développé :

— Si seulement quelqu'un était foutu de me dire où elles bossaient là-bas, je pourrais gagner du temps, me renseigner directement où il faut. Je ne sais même pas quel job elles avaient là-bas. Gino m'a dit qu'elles étaient probablement déjà en peep-show parce qu'elles connaissaient bien le boulot. Mais on peut perdre des semaines à retrouver le bon...

Bien sûr que je savais exactement où elles avaient travaillé avant, puisque j'y étais allée.

J'ai expliqué, en me faisant une tête de fille qui retourne pêcher de vieux souvenirs sans intérêt enfouis quelque part dans sa mémoire :

— Lola m'avait parlé d'un type, il était taulier dans leur boîte, je crois, et une fois elle m'a parlé de lui parce qu'il venait de Lyon... Elle s'était demandé... Mais je ne le connaissais pas. Je crois me souvenir que c'était bien d'un peep-show qu'elle parlait.

La Reine-Mère a demandé :

— Tu te souviens du nom de ce type ?

— Victor, je crois, mais je suis pas sûre, parce que ça ne me disait rien...

Elle m'a fait répéter, abasourdie et ne cherchant pas à le dissimuler :

— Victor ?

— Ouais, un type de Lyon à l'origine, mais il a dû bouger sur Paris. Un mauvais Lyonnais, quoi...

— Victor travaillait dans le peep-show où elles travaillaient ?

Sentant monter la tension, j'ai essayé de minimiser l'affaire :

— Attends, je suis pas sûre non plus... Mais Lola m'a demandé un truc de ce genre, si je connaissais... Je crois que c'était Victor, mais je peux pas le jurer parce que je n'ai pas fait attention... Et je ne suis même plus sûre que c'était bien un peep-show...

Elle ne m'écoutait plus. J'ai vu ses yeux s'agrandir en même temps que toutes les couleurs s'en aller de son visage, qui se figeait en une expression d'ahurissement. Elle a encore interrogé :

— Et elles t'en ont reparlé de ce Victor ?

— Jamais, je te dis, je suis même pas sûre... C'est quelqu'un de connu ?

— Donc tu ne sais pas si elles étaient encore en contact avec lui ?

— Aucune idée, je peux le répéter encore quelques fois si tu veux : j'ai pas bien fait attention sur le coup...

Elle a baissé la tête, l'a dodelinée un moment, ça avait l'air très douloureux ce qui lui arrivait. Alors elle a accroché le bord de son bureau à deux mains, pris son élan vers l'arrière et a projeté sa tête en avant, jusqu'à ce qu'elle vienne heurter la table, violemment, s'est relevée, son nez pissait le sang et barbouillait sa bouche, et a remis ça : élan, coup de boule sonore sur le bureau, puis s'est tenue droite, crispée et respirant profondément.

Je regrettais tout à fait de lui avoir dit un peu de ce que je savais. J'ai renoncé à évoquer la fille qui travaillait dans le bar d'à côté rue Saint-Denis et que j'avais croisée dans Lyon.

La Reine-Mère avait la gueule en sang, à cause du nez qui coule toujours abondamment. Le regard vide de sens, puis elle s'est reprise. A tiré un mouchoir en papier de la boîte posée sur le bureau, s'est tamponné le nez.

Il émanait d'elle quelque chose. Déployé dans la pièce, quelque chose d'elle que je pouvais sentir, tension, les murs rapprochés. Par empathie probablement, un souffle malveillant qui m'a nouée au ventre.

Je me suis levée pour sortir, elle s'est tenue drôlement près de moi pour me prévenir :

— Il est probablement resté dans cette ville, et si jamais tu le croises, il faut me prévenir sans lui laisser le temps de te parler, tu entends ? Ne le laisse pas t'approcher, Louise, tu ne te méfieras jamais assez de lui.

Je me suis dit qu'elle pétait quand même joliment les plombs, j'avais hâte d'être dehors.

11 h 00

Le lendemain matin, je me suis réveillée en l'état, toute prête pour le désarroi.

J'ai entendu Guillaume à la cuisine, je me suis levée et l'ai rejoint. Il dosait le café dans le filtre comme s'il s'acquittait d'une mission de la plus haute importance. Guillaume faisait chaque chose avec une grande application, toute tâche méritait qu'on s'y attelle avec soin. Il a demandé :

— Qu'est-ce que t'as foutu hier soir ?

— Je suis rentrée tôt, grand besoin de dormir.

Je me suis assise à la table de la cuisine :

— T'as rien entendu pour Stef et Lola ?

— C'est qui celles-là ?

— Les deux Parisiennes qui bossaient à L'Endo, tu te souviens plus d'elles ?

— M'étonne que je m'en souviens, quand t'aimes les filles t'oublies pas ces deux-là. Elles travaillent plus à L'Endo ?

— Plus vraiment non. Elles se sont fait charcuter chez elles, c'est la Reine-Mère qui m'a dit ça hier. Charcuter, c'est pas une exagération, sur les photos c'était des gros tas de viande. C'est pour ça, je suis rentrée directement, je me sentais moyen d'humeur à bagatelle :

Mimique de garçon désagréablement impressionné :

— Qu'est-ce qui s'est passé ?

— J'en sais foutrement rien, j'ai juste vu que c'était crad, gravement crad...

— La Reine-Mère sait qui a fait ça ?

— Rien du tout... Mais il faudrait qu'elle fasse fissa parce que les keufs vont pas lui laisser tout le mois pour bidouiller le coupable. J'ai pas dit à la Reine-Mère que je les avais vues à Paris, tu sais, je préfère rester loin des embrouilles... Alors lui en parle pas si tu la croises. En règle générale, il vaut mieux que tu ne parles pas de cette histoire.

— Pour qui tu me prends ? Moi, j'ai rien vu, j'ai rien entendu... Et ça se colportera bien assez vite sans que je m'en mêle.

— Exactement.

— C'est marrant... Tu te souviens de la fille qu'on avait croisée ensemble, Mireille ? Tu m'avais dit qu'elle bossait dans le rad à côté de leur peep-show rue Saint-Denis.

— Mireille... Je ne me souvenais plus de son nom, j'en ai pas parlé non plus de celle-là, je vais rappeler la Reine-Mère quand même, je vais lui dire...

Mais je ne me suis pas levée pour l'appeler immédiatement, je me suis vaguement promis d'y penser dans l'après-midi. Je n'avais pas envie d'appeler. Aucune raison valable. Pas envie. Coup de talon interne, pour faire dégager la sale sensation.

— Moi je l'ai revue, j'avais oublié de te le dire, elle travaille dans un bar derrière la place Bellecour. Je suis allé là-bas avec Thierry y a une dizaine de jours, et c'est elle qui servait. Elle arrêtait pas de me regarder, comme si elle avait envie qu'on fasse connaissance. Moi, j'avais pas trop le temps, pis à cette époque j'étais avec Petra, tu sais, l'Allemande ultrabonne, et je m'en foutais des autres filles... Mais maintenant que j'y pense je vais peut-être retourner là-bas.

— Mais tu lui as pas dit que je t'avais parlé d'elle ?

— À ton avis ? Moi, j'ai rien dit, c'est elle qui voulait qu'on cause. Tu connais mon style,

je cherche pas l'embrouille, moi. T'as l'air crevée, t'as mal dormi ?

— Elle me perturbe cette histoire.

— Ça te regarde pas, toi.

— Je pense pas non, j'espère que non... Mais
elles étaient cool, ça fait bizarre de les voir...
comme ça, quoi, vraiment bizarre, surtout si
t'imagines comment ça s'est passé.

— C'est sûr, il vaut mieux éviter d'imaginer
des trucs pareils, sinon...

— Pis ça me regarde pas, mais imagine que
ça soit un truc dirigé contre l'orga, genre un
taré que ça agace toutes ces filles arrogantes et
à poil, ou quelqu'un qui en veut à la Reine-Mère,
ou je sais pas... Y a watt mille bonnes raisons
de s'en prendre aux filles de la *Mothership*. Et
là, ça pourrait me regarder...

— T'inquiète de rien, je vais ouvrir l'œil, y
aura aucun problème. Viens, le café est fait, il
est tellement bon, tu vas tout oublier, je t'assure :
il va te transporter ce café, tous tes soucis vont
s'effacer.

Ça n'arrivait jamais que Guillaume se mette
à rigoler sans me contaminer. Cette fois encore,
la petite alchimie m'a déridée, insidieusement
réchauffée. Ça ne servait à rien que je m'esquinte
avec cette histoire. À sa façon, Guillaume veillait, sans effort, me protégeait du pire.

Un bol fumant plein à ras bord dans chaque main, il marchait précautionneusement pour ne pas en renverser. Les a posés sur la table basse. S'est assis au salon, je suis allée prendre le sucre sur la table de la cuisine.

Il avait laissé la porte de sa chambre grande ouverte, on entendait les voisins discuter et je suis allée dans la chambre de Guillaume écouter ce qu'ils racontaient. Machinalement. La fille disait, câline et rassurante :

— Mais je vois pas pourquoi tu t'imagines des trucs pareils, pourquoi veux-tu que j'aille avec lui, tu crois que tu me suffis pas ?

Et lui, ton froid, hargneux :

— Lui, tu lui plais bien, et on ne peut pas dire qu'il se gêne pour le montrer, ni que tu fasses grand-chose pour le calmer.

Elle s'énervait à son tour, plus du tout cajoleuse, et tranquille, mais venimeuse, méprisante :

— Mais qu'est-ce que tu cherches à la fin ? Y a que toi qui imagines qu'il me branche, j'ai aucune raison de le calmer, il est avec moi comme avec tout le monde. T'imagines des trucs, je t'assure…

— Toi, en tout cas, t'imagine surtout pas que tu vas te le taper et faire comme si de rien n'était, imagine surtout pas que je serai un cocu arrangeant.

Je suis revenue au salon, Guillaume avait pris sa guitare et jouait un thème de blues singulièrement triste et dérangé.

Je me suis assise à côté de lui, sur le canapé du salon. Il était placé juste en face de la fenêtre, on avait vue sur rien parce que les volets étaient toujours fermés. J'ai senti ce truc se vider dedans moi, une petite joie qui revenait, un truc d'apaisement qu'il me faisait souvent. Je me suis enfoncée dans le canapé, j'ai laissé le café refroidir et le temps passer doucement, tout seul.

J'étais assise tout contre lui, ma jambe touchait la sienne et c'était le seul garçon de qui je connaissais la chaleur, mais je la sentais trop bien, je la sentais tellement fort. Il marquait le rythme avec son pied, mouvement régulier, entêtant.

Calme à bord, l'équipage adéquat.

14 h 30

C'était un bar de jour, un bar d'habitués où venaient manger les gens qui travaillaient dans le coin.

Quand je suis arrivée, il n'y avait plus que deux tables occupées. Les autres n'avaient pas encore été débarrassées. Morceaux de pain déchiquetés, assiettes sales, verres à moitié vides, cendriers débordants, conneries griffonnées sur les nappes maculées de graisse.

Il me restait deux heures avant d'aller travailler. Je me suis assise à côté de la vitre.

Mireille faisait des allées et venues entre les tables et le bar, débarrassait, gestes maintes fois répétés, maîtrisés. Perles de sueur sur son front, elle était tendue et affairée. Ses mains étaient d'un rouge écarlate, sans doute à force de les plonger dans l'eau chaude. Ses cheveux étaient tirés en arrière en chignon, quelques mèches lui dégoulinaient sur les tempes, robe noire déboutonnée jusqu'au début de gorge, roses tatouées s'enroulant autour de la clavicule, le genre de fleurs qu'on trouve sur les bouteilles de whisky. Joliment ensorcelante, très prolétarienne version propagande communiste : magnifique et dignement éprouvée.

J'avais finalement décidé de passer la voir avant de prendre mon service à L'Endo. Ça ne faisait pas un grand détour.

Elle a mis du temps à m'apporter un café, parce qu'elle avait des choses à finir derrière son comptoir.

Quand finalement elle est venue à ma table, elle m'a dévisagée, a demandé sans aucune amabilité :

— Je finis dans dix minutes, tu m'attends ?

Avant que j'aie pu répondre elle a proposé :

— Je te mets quelque chose avec ton café ?

— Un cognac.

Joli sourire, elle n'avait pas remplacé sa dent manquante et ça lui allait toujours aussi bien. Fossettes qui se dessinaient au creux des joues, premières rides au coin des yeux. Je ne sais pas d'où lui venait le côté endommagé, mais elle le portait bien.

Elle a ramené un verre de cognac, je l'ai attendue patiemment en sirotant tout ça, les yeux rivés sur elle. Son regard à elle ne croisait jamais le mien, elle faisait comme si de rien n'était, mais elle se laissait regarder.

Elle a bricolé des choses derrière son comptoir, puis a rejoint le patron que le couple avait quitté et qui lisait le journal seul à sa table. Elle minaudait gentiment, savait très bien s'y prendre, a demandé à partir un peu plus tôt. Quand elle est venue me chercher, elle m'a fait un clin d'œil, le plus naturellement du monde. Par la suite, je devais me rendre compte que c'était un tic chez elle.

Nous sommes sorties, elle a proposé :

— Il y a une cour pas loin, un coin tranquille, ça te dit qu'on y aille ? On sera bien pour discuter.

Je l'ai donc suivie, nous ne nous sommes rien dit de plus. Je la détaillais du coin de l'œil, elle portait un énorme sac en bandoulière, bourré à craquer. Elle a fouillé dedans pour trouver un paquet de Lucky souple, m'en a proposé une. Elle ne me regardait pas, marchait vite et tête baissée, comme si nous étions attendues quelque part.

Nous sommes rentrées dans une clinique, je trouvais qu'il faisait un peu froid pour s'asseoir dans une cour, mais je n'en ai rien dit. Il y avait plein d'arbres désolés et des petits bancs de pierre ; elle semblait bien connaître l'endroit, s'engageait sans hésitation le long des allées, m'a emmenée tout au fond de la clinique, en expliquant :

— Là il n'y a jamais personne.

Nous nous sommes assises, je faisais semblant de réfléchir à quelque chose de très absorbant, quelque chose qui me ferait oublier de lui parler.

Elle s'est assise à califourchon sur le banc, petites cuisses rougies par le froid. En plein hiver, sans collant. Il y avait chez elle quelque chose de très campagne, endurcie au grand air et élevée dans le foin. Elle a vu mes yeux sur ses jambes, a souri :

— C'est tonifiant, je tiens comme ça tout l'hiver des fois. Surtout ici, il fait moins froid qu'à Paris.

— Tu viens de Paris ?

— Tu te fous de moi ?

Elle avait tiré une enveloppe brune de son sac, en a sorti une grosse pincée de beu qu'elle s'est mise à trier avec soin dans le creux de sa main.

Elle se débrouillait très bien pour rouler son spliff, faisait ça, vite et avec agilité. Son biz était parfaitement conique, on l'aurait cru sorti d'une machine et ça lui avait pris à peine une minute. Elle a souri en me regardant par en dessous. Je ne détestais pas que cette fille me fasse du charme, elle faisait ça d'une façon sulfureuse en même temps que toute douce.

Elle m'a tendu le biz pour que je l'allume et, en me tendant le feu, ses doigts ont touché les miens. Elle s'est assise dans le sens normal, appuyée sur ses coudes posés sur ses genoux. Elle a récapitulé :

— C'est pas de Lyon qu'on se connaît, c'était à Paris, t'étais venue chercher un plateau pour le keum du peep-show. T'étais venue voir Victor, mais ce jour-là il ne travaillait pas.

J'ai trouvé épatant qu'elle aligne tout ça aussi aisément.

J'ai rectifié tout de suite, échaudée par l'explosion de la veille :

— Je suis pas copine avec Victor, je l'ai même jamais vu.

Elle n'a pas relevé, m'a lancé un long regard à grands cils recourbés, a continué sur sa lancée :

— Je t'ai vue au bar rue Saint-Denis, je me souviens de toi à cause de comment tu regardes les meufs. Tu les temas comme un keum qu'aurait le vice.

Pause, battement de cils, yeux baissés subitement relevés, plantés dans les miens, sourire avec sous-entendu :

— T'excites les filles comme un keum qui ferait ça très bien.

On ne me la fait pas tous les jours, et je n'ai su ni quoi dire ni comment me tenir en réponse à ça. Pas que je supportais bien les gouines, mais celle-là avait le truc, un peu d'arrogance et du naturel déconcertant, me parlait couramment au ventre.

Je lui ai repassé le spliff, l'esprit bien dispersé, elle a insisté :

— Alors comme ça tu ne connais pas Victor ?

Encore une fois j'ai expliqué :

— Je connais pas ce type, la seule fois où j'ai voulu le voir, c'était pour un service et il n'était pas là, c'est la fois où je suis passée à ton bar. Aucun rapport avec lui.

— Il t'envoie souvent des gens ?

— Non, non.

Sur le coup, j'en ai déduit qu'il lui envoyait des gens pour acheter de la dope, de la beu ou je ne sais ce qu'elle vendait.

Elle a ramené ses genoux sous son menton, a changé de face, plus aucune trace de femellerie lascive, le ton s'était durci, teinté d'agacement. Elle maîtrisait bien le glacial aussi :

— Alors qu'est-ce que tu me veux ?

— Je travaillais avec deux filles qui bossaient dans le même peep-show que Victor : Stef et Lola. Comme vous êtes toutes arrivées du même endroit en même temps, ça m'a intriguée quoi… Et je suis passée te voir. Tu les connais, Stef et Lola ?

Elle a fait oui de la tête, pas très intéressée. Brusque inspiration, j'ai annoncé :

— Elles se sont fait tuer toutes les deux il y a deux jours, un truc bien sauvage. Ça ne me regarde pas, je suis pas du genre à me mêler des affaires des autres, c'est juste… Personne sait ce qui s'est passé, et comme vous êtes arrivées en même temps…

Je pensais à la Reine-Mère en m'embrouillant, à la tête qu'elle aurait faite en me voyant raconter ça comme ça à cette fille de qui j'avais tu l'existence. J'avais mes dérapages… J'ai ajouté :

— Je me suis dit que peut-être c'était important pour toi d'être au courant. Les journaux vont pas en parler, du moins pas tout de suite, on est du genre pudique au quartier…

En tout cas, je devais avoir l'air très embarrassée parce qu'elle m'a sorti une nouvelle attitude, très compatissante, m'a entourée de son bras, rassurante :

— Excuse-moi, j'ai peut-être été un peu brusque, je ne pouvais pas me douter… Elles sont mortes, tu dis ?

Et elle s'est effondrée en larmes.

Elle me serrait dans ses bras en pleurant. Le contact physique ne m'était jamais agréable. Je l'avais bien cherché, mais j'avais envie qu'elle se calme et qu'elle se tienne un peu mieux.

J'ai interrogé :

— Vous êtes venues ensemble ?

Elle a fait signe que non, s'est redressée et calmée, mains crispées sur ses genoux rougis par le froid. Ses doigts étaient longs et fins, bardés de bagues à pierres bleues, plusieurs bleus.

La beu qu'elle m'avait invitée à partager détruisait, littéralement, je me dépêtrais dans un coaltar retors.

À force de renifler elle avait récupéré ses esprits, s'est mise à me poser des questions :

— Et toi alors, tu es strip-teaseuse ?

En même temps qu'elle posait sur moi un regard pensif, m'a fait ressentir qu'elle m'imaginait bien me dandiner avec une plume dans le cul, sourires. J'ai acquiescé :

— Pas loin d'ici… D'ailleurs, je ne vais pas trop traîner, je travaille bientôt.

— Et t'habites Mafialand ?

— Ouais, et je m'y plais plutôt bien.

— Stef et Lola bossaient pour eux, non ?

— Le peep-show dépend de l'orga.

— Ça arrive souvent que les filles servent de chair à régler les comptes chez vous ?

— C'est jamais arrivé.

— En tout cas, pas à ta connaissance. Comme tu dis, vous êtes pudiques dans le quartier…

Elle avait sorti de quoi rouler un second spliff, ne pleurait plus du tout et me regardait de côté. Sorti sa langue pour le collage. Puis elle a déballé sans se faire relancer :

— Stef et Lola sont venues à Lyon pour chercher Victor. Moi aussi d'ailleurs.

Elle a marqué une pause, comme pour rassembler ses esprits, mais c'était surtout pour calculer l'effet que ça me faisait. Peut-être qu'elle s'attendait à ce que j'empoigne le banc à deux mains, prise d'élan et coup de boule. Peut-être qu'elles faisaient toutes comme ça. Mais je n'ai rien fait de particulier, je me suis contentée de constater :

— On peut pas dire qu'il laisse les filles indifférentes.

Et j'ai attendu la suite et les détails. Qu'elle m'a assenés d'une seule traite :

— À Paris, il piochait dans la caisse du peep-show. Quand le patron s'en est rendu compte, il est entré dans une colère noire. Parce que

Victor peut pas rencontrer quelqu'un sans lui faire croire qu'il est le copain de sa vie. Le patron du peep-show, c'était son frère, son bienfaiteur, tout ce que tu veux. N'empêche qu'il l'arnaquait autant que possible. Et quand l'autre a checké qu'il y avait arnaque, il l'a vraiment joué susceptible et lui a laissé vingt-quatre heures pour tout rembourser. Alors Victor a débarqué dans mon bar… Lui et moi on avait plutôt fait copains, et jusqu'alors il ne m'avait jamais emprunté de tunes. Plus tard, je devais apprendre qu'il devait des sommes colossales aux meufs du peep-show. Ce qui tient de l'exploit, soit dit en passant. Mais il n'est pas du genre avare d'exploits. Il m'explique qu'il a besoin de cinq mille balles, il me baratine comme il faut et me promet de les rendre dans la semaine, m'embrouille la tête. C'est un monstre niveau baratin, quand il veut quelque chose avec sa bouche il l'obtient ; t'as beau te méfier, tu te fais avoir. Je lui passe la lauve, il me remercie comme un fou furieux, je suis ce qu'il connaît de meilleur au monde, il m'aime comme jamais il n'a aimé personne, enfin bon… Résultat des courses : plus jamais vu le Victor. Plus signe de vie, jamais.

— Il a peut-être eu des empêchements.

— T'es sûre qu'il t'en a pas mis un coup ?

— Je t'ai dit que je l'avais jamais vu, ça complique la levrette quand même. Pourquoi tu demandes ?

— Parce que tu fais l'avocate. Les meufs sur qui il passe, je sais pas ce qu'il leur fait, mais elles sont capables de le défendre la minute après qu'il a égorgé leur reum.

— Et il en tire beaucoup ?

— Tout ce qui bouge. Il ne peut pas s'empêcher, si tu lui mets quelqu'un en face, il faut que ce quelqu'un l'aime. Et si c'est une fille, il faut qu'elle crie. Faut qu'il lui en colle un coup, et il faut qu'elle adore ça. Sinon Victor dort pas tranquille.

— T'as crié toi ?

— Cet enfant de salope m'a jamais touchée.

— Mais il t'a fait déménager ?

— Ouais... Juste après, j'ai eu une sale série avec les sous. Je m'étais un peu mise dans la merde, ambiance drogue dure et vie de luxe... Tu sais comment on fait dans ces cas-là, on finit par focaliser... Je supportais pas l'idée qu'il se soit payé ma tronche. Je pensais à lui non stop, je l'aurais volontiers démoli à mains nues... Début septembre, j'ai appris par hasard qu'il était sur Lyon, c'est comme ça que j'ai débarqué à la Part-Dieu, je l'ai jamais retrouvé... Avec le temps j'ai bliou, ça va pour moi, j'ai trouvé du taf, un appart décent, je reste un moment quoi.

— Et Stef et Lola, tu les as vues depuis que t'es là ?

— Un dimanche soir, à la pharmacie de garde de Cordelier, je me suis retrouvée derrière Lola dans la queue. Se retrouver à cinq cents bornes de Paris… à la pharmaco de surcroît, ça nous a fait rigoler. Finalement on a comparé nos ordos, elles venaient du même bloc, on a goleri… C'était un client du peep-show de Saint-Denis, un régulier, il venait au bar en sortant d'aller voir les filles. Et il filait des ordos vierges à tout le monde là-dedans, son père était médecin. On est allées boire un coup ensemble… On s'est pas revues très souvent parce que Stef et moi, c'était pas vraiment ça.

— Elle était un peu… abrupte.

— C'était une sale pute. Tu me diras, paix à son âme… Pis j'ai rien contre la profession. Mais c'était vraiment une sale pute.

— Qu'est-ce qu'elles lui voulaient à Victor ?

— Lola ne faisait que suivre, c'était surtout l'affaire de Stef. Cette fille n'aimait personne, et surtout pas les keums. Ça a dû motiver Victor, qui a commencé par causer avec elle sans jamais faire un geste pour la toucher, ça lui a chamboulé le système à la Stef. À la fin, c'est carrément elle qui lui est venue dessus. Il a dû lui chatouiller le fond de l'âme avec son gland, parce qu'il paraît même qu'il la faisait rigoler, un truc de dingue… Finalement elle l'a hébergé. Elle habitait déjà avec Lola. Il s'est mis à emprunter de l'argent à l'une, à l'autre, à vendre des trucs de chez elles, à ramener d'autres filles… Enfin, comme il fait, quoi. À chaque nouvelle crise, il y allait de sa pirouette, et Stef le virait pas. Pis un jour, il a disparu. Elle a cru qu'il allait rappeler, genre s'excuser et revenir… Comment elle tenait à lui, ça avait l'air bien profond. C'est Lola qui m'a raconté tout ça. Soit dit en passant, il la tirait dans la foulée. Et Stef attendait, attendait… C'était pas tous les jours qu'on lui chavirait l'intérieur, alors quand elle a appris qu'il était à Lyon, elle a dit à Lola : « On y va, et je vais le tuer. » Elle avait pécho un sabre, elle avait ça chez elle, je sais pas si t'imagines, un sabre…

— Et elles l'ont retrouvé ?

— Non. Mais elles, elles étaient sur le terrain, elles ont trouvé des indices… Au bout d'un moment, elles se sont rendu compte que d'autres gens le recherchaient, pour lui faire la peau aussi. C'est qu'il est pas regardant sur l'embrouille, Victor, et très efficace pour se faire des ennemis. Alors un jour, j'ai vu la Stef se pointer à mon rad, il fallait qu'on discute, elle avait réfléchi…

Elle avait même fait un tour complet : il fallait qu'on le retrouve, plus que jamais, parce qu'il fallait qu'on l'aide. T'entends ça ? Elle s'était livrée à un mic-mac mental assez surprenant, comme quoi elle et elle seule avait le droit de lui vouloir du mal... Un jour, Judas ; le lendemain, Jésus-Christ... Je lui ai dit qu'en ce qui me concernait j'étais plus sur l'affaire.

Mireille savait bien dire les histoires. La voix y était pour beaucoup, l'intonation mélodieuse. J'ai sifflé admirativement :

— Quel cataclysmeur, ce Victor ! J'aimerais quand même bien voir à quoi il ressemble...

Elle s'est rembrunie, a haussé les épaules :

— Fais pas trop la maligne avec Victor.

Pour la seconde fois en moins de vingt-quatre heures, j'ai compris qu'on ne plaisantait pas avec ça.

Je me suis renseignée :

— Est-ce que Stef t'avait dit quelque chose sur les gens qui en voulaient à Victor ?

— La Reine-Mère. Il s'était mis avec elle en arrivant à Lyon et il a dû déconner... Finalement, elle voulait sa peau. Ça m'étonne pas de lui. Il lésine pas Victor, il embrouille dur, tu sais...

— D'où tu tiens ça ?

— C'est Stef qui a appris ça, elle et Lola s'étaient fait un copain qui en savait long sur vos petites affaires, un rebeu, je crois...

— Et maintenant, Victor, il est où ?

Elle a levé les bras en signe d'impuissance :

— Pas le moindre avis sur la question.

— Et pourquoi tu me racontes tout ça ?

— Parce que j'adore foutre la merde.

Grand sourire angélique, la dent en moins, les yeux qui couvaient quelque chose, ce côté malsain amusé qui lui convenait si bien...

16 h 40

Une fois seule, me hâtant sous la pluie, l'écœurement m'est monté, cette envie d'être ailleurs, d'échapper à l'histoire.

Il faisait déjà sombre. Petites lumières écloses tremblotantes sur le parcours, c'était la nuit des illuminations et les gens collaient des bougies à leur fenêtre.

Je suis arrivée à L'Endo essoufflée, trempée et mal en peau.

Gino avait sa tête de circonstance, ce type était fait pour les grands deuils, les catastrophes. J'ai dit bonjour, je ne savais trop comment me comporter ni quoi dire. Je me rendais compte que j'étais raide, que ça devait se voir, que ça allait l'agacer, et je ne me sentais pas arrogante, pas d'humeur à m'en foutre.

Roberta était déjà arrivée. Elle beuglait dans le cagibi.

Envie de repartir.

L'entrée était tapissée dans les rouges, jamais bien éclairée. Ce jour-là, je l'ai trouvée salement glauque et sombre, et bien sûr c'était l'endroit rêvé pour réaliser qu'on n'y verrait plus les deux Parisiennes.

Gino m'a fusillée du regard :

— Tu crois que le jour est bien choisi pour arriver une demi-heure en retard avec une tête pareille ? Tu crois vraiment que le moment est bien choisi pour ça ?

Il y avait du café de prêt sur l'étagère derrière le comptoir, je m'en suis servi un, attendu qu'il se calme un peu, en feuilletant le classeur posé sur le comptoir. Rempli de photos des filles permanentes à L'Endo. Roberta vautrée sur un canapé, poses lascives à la con. Moi sur des talons hauts, face à face avec un gode énorme, bouche grande ouverte. Et puis Stef et Lola, vautrées face à l'objectif, dégoulinantes de dentelles, empaquetées dans du vinyle. J'ai arraché les deux pages et les ai mises de côté, j'ai demandé :

— Qui est-ce qui travaille alors aujourd'hui ?

Des fois que je connaisse les filles et qu'elles soient sympathiques. Gino a soufflé :

— Ce matin, deux petites du salon Gambetta sont venues dépanner, mais elles ne veulent pas rester, ça leur fout les jetons, et puis elles sont pas faites pour ici, elles dansent pas bien, savent pas s'y prendre... La Reine-Mère m'a promis d'en envoyer deux autres. Pour le moment, y a que Roberta et toi. Et Roberta, je sais pas si elle est bien en état...

Elle n'avait pas arrêté de brailler depuis que j'étais arrivée. J'ai pris l'air étonné :

— M'a pourtant l'air d'avoir une solide envie de torcher du gland aujourd'hui, la Roberta. J'entends ça d'ici.

— Va la voir, il faut qu'elle rentre chez elle, va lui dire.

Roberta était assise, effondrée sur la table à maquillage, la tête enfouie dans ses bras, elle pleurait sans discontinuer depuis que j'étais arrivée. Faute d'être en état de danser, elle était en tenue. String, fesses rondes et appétissantes ; ventre nu secoué par les larmes ; soutien-gorge doré.

Cheveux rouges détachés ondulant au rythme des sanglots. J'y ai enfoncé ma main pour attraper sa nuque, lui faire sentir ma paume, la retenir. Pas que j'en avais envie, ni que je me sentais proche d'elle, mais le boulot, c'est le boulot, et une fois que j'étais là… Je disais des trucs tout bas :

— Roberta, arrête-toi, reprends-toi, ça sert à rien, tu vois…

Des trucs qui riment pour que ça chante bien, des fois que ça lui apaise quelque chose.

Et je l'ai tirée vers moi, un peu forcée à venir dans mes bras, où elle s'est finalement écroulée. J'ai refermé mes bras autour d'elle, je respirais tout doucement, bien profond, pour lui filer du calme.

Ça lui allait bien la garce, la gueule toute boursouflée de larmes. Roberta essayait de parler et de pleurer en même temps, alternait les deux :

— Tu te rends compte ? Tu te souviens, hier elles étaient là et leurs armoires sont encore pleines et…

Véhémente et égarée, de la morve qui lui dégoulinait jusque dans la bouche :

— On passe notre vie à transpirer pour que des connards se branlent… Des enculés qu'on voit même pas. Et ça leur suffit pas, de nous réduire à ça, il faut qu'en plus ils viennent chez toi pour te regarder dessous la peau comment ça fait tes os… Il faut qu'ils nous aient jusqu'au bout… C'est pas assez humiliant comme ça, il faut qu'on ait peur en plus, il faut qu'on en crève… Mais tu te rends compte ?

J'ai essayé une sorte de raisonnement :

— Ça n'a peut-être aucun rapport, Roberta, c'est peut-être pas un client...

— Aucun rapport ? Tu sais ce qu'on est ? Des tapins, des putains, du trou à paillettes, de la viande à foutre... Et tu vois comment on va finir par crever ? Tu les sens pas rôder ? On les a toute la journée, derrière ces foutues vitres, qui rôdent, avec leurs sales yeux, à nous mater comme des porcs... Et maintenant tu les sens pas rôder, chez toi le soir, derrière ta porte, tout prêts à venir pour t'achever ? Y a pas de lien ? T'as vécu comme une chienne, tu vas mourir comme une chienne, on va t'ôter la peau au couteau, pour qu'ils reluquent ce qu'il y a en dessous, et tu vois pas le lien ? Mais ils vont te le faire voir, crois-moi, tu sens pas qu'on va toutes y passer, tu sens pas que c'est la suite ?

Les yeux brillants d'exaltation, fièvre malsaine. D'abord doucement, elle s'est mise à trépigner, à trembler. En répétant :

— Mais tu ne sens pas, tu ne les sens pas rôder ?

En tournant la tête de tous côtés, comme si elle les voyait, comme si elle les sentait, et elle s'est plaquée contre le dossier de sa chaise, droite, rigide, comme s'ils étaient là. Et son menton tremblait. Je me suis dit qu'elle n'en rajoutait

111

certainement pas, on ne claque pas des dents comme ça quand on n'a pas la vraie grosse frousse. Je pouvais entendre ses dents s'entrechoquer de plus en plus fort.

J'ai fait un geste vers elle, pour qu'elle revienne dans mes bras, qu'elle se taise et se laisse calmer ; elle m'a repoussée violemment, tombée à genoux repliée sur elle-même et s'est mise à hurler en se frottant contre le sol, comme si elle cherchait à échapper à quelque chose qui la frôlerait de drôlement près.

Je me suis jetée sur elle et l'ai plaquée par terre, couchée sur elle, mes mains empêchant les siennes de se débattre et de me repousser. À quelques centimètres d'elle, je disais :

— Arrête ça tout de suite, Roberta, maintenant, arrête ça, regarde-moi, arrête ça.

Et je l'ai traînée sous la douche, et je l'ai déshabillée, je me suis déshabillée aussi et l'eau froide, le savon, je la frictionnais en répétant des trucs, juste des trucs pour calmer, jusqu'à la sentir se détendre.

Mais t'es dégueulasse à toucher comme un poisson crevé, elle me dégoûte ta viande.

Elle était comme absente juste après.

— Rhabille-toi, Roberta, il faut que tu rentres chez toi.

Elle a fait oui de la tête. Bon débarras.

Les deux filles qui venaient en remplacement sont arrivées. Pas chiantes, taciturnes et discrètes.

Les clients sont revenus, on aurait dit qu'ils avaient senti qu'il fallait éviter l'endroit une petite heure, et que ça pouvait repartir.

Le haut-parleur rythmait le mouvement, à chaque client une fille montait, une autre entrait en cabine.

Puis j'étais sur la piste, je faisais des cercles avec mon bassin, je m'appliquais à les faire bien réguliers dans les deux sens. Ça m'avait toujours gravement excitée, danser en me touchant, me montrer et penser que juste derrière quelqu'un que je ne voyais pas sortait sa queue en me regardant. Mais c'était en cabine que ça me faisait vraiment drôle au ventre, face à face et parler, tellement près qu'on pouvait se toucher, mais on ne se touchait pas, jamais. Gino surveillait, il y avait des caméras dans chaque cabine, et dès qu'on entraînait un client dans les deux dernières, celles où il n'y avait plus de vitre, il gardait l'œil ouvert, prêt à intervenir au micro si une main se tendait. Prêt à jaillir en cabine si le lascar n'avait pas l'air assez intimidé.

Les clients étaient généralement dociles, le règlement faisait partie des choses qu'ils appréciaient.

Depuis un morceau, il n'y avait plus qu'un miroir avec quelqu'un derrière, mais le type rentrait des francs chaque fois qu'il se rabaissait. Je restais en piste, j'étais venue face à lui, puisque de toute façon je ne dansais que pour lui.

J'avais des gestes accumulés, des automatismes acquis de déhanchements et de jeux de langue.

Puis le rideau s'est abaissé, le monsieur avait eu sa dose, craché son truc, s'était essuyé – boîte de Kleenex dans chaque cabine – et s'en retournait probablement chez lui monter sa femme tranquillement.

J'ai fait un tour de piste pour vérifier qu'il n'y en avait pas eu d'autres ouverts. Et justement un autre s'est ouvert. Je pouvais recommencer les mêmes simagrées, pas trop me creuser la tête, celui-ci ne les avait pas encore vues.

Gino a annoncé une nouvelle fille, ce qui signifiait que moi je devais descendre parce que j'avais quelqu'un en cabine.

Je suis descendue, je suis passée par le cagibi pour boire un verre d'eau, me regarder dans la glace et respirer un peu.

J'étais contente d'être restée parce que ça m'occupait l'esprit et le temps passait bien mieux.

Le haut-parleur a crachoté :

— Louise, tu es en cabine n° 1, le client t'attend.

La cabine la moins chère. Sur celle-là on ne touchait presque rien. La porte juste en face du cagibi.

19 h 00

La cabine n° 1 avait quelque chose du confes-
sionnal, version luciférienne. Granules épais rouge
sombre le long des murs, comme repeints d'un
vomi de viande saignante. C'était une pièce étroite
et haute de plafond, séparée en son milieu par
un gros grillage noir. Le client était assis en contre-
bas. Manque d'éclairage ajouté à la séparation, il
ne voyait pas bien ce que fabriquait la fille, et il
était mal installé. Tout était prévu pour que l'idée
de rallonger quelques talbins supplémentaires lui
paraisse opportune.

C'était mon parloir favori, on n'y tenait que
jambes relevées de chaque côté, pieds appuyés
contre le grillage.

Gino me voyait rentrer là-dedans avec le client,
il me surveillait sur l'écran vidéo. Il voyait bien

que je m'y mettais tout de suite, que je ne cherchais pas à persuader le client de prendre une autre cabine. Et que parfois je prenais mon temps pour faire les choses correctement, un peu trop consciencieusement.

Mais de ça il ne parlait pas quand je ressortais. Il se contentait de maugréer : « Cette pétasse attardée s'imagine probablement qu'elle officie dans le service public », et parvenu au comble de l'exaspération il venait me voir, furibard et outré : « C'est pas à moi de baratiner les mecs, c'est ton putain de boulot de les faire payer ; celui que tu viens de prendre, c'était du tout cuit, tu pouvais lui faire faire le parcours douze fois si ça t'amusait, il suffisait de demander, mais ça t'arracherait la gueule, hein ? Mais qu'est-ce que t'as dans le sac ? Tu me fais perdre de l'argent, tu peux comprendre ça ? » Il s'emportait tout rouge, veine palpitante le long de la tempe. Je le laissais cracher tout ce qu'il pouvait, ça me procurait une étrange satisfaction de le sentir comme ça. Plus tard, je l'entendais au téléphone vociférer des choses contre moi à l'attention de la Reine-Mère, et chaque fois elle lui faisait comprendre que j'étais son cas à part, qu'il fallait me laisser tranquille, que je ne faisais pas perdre d'argent à la boîte, puisque les clients revenaient, qu'il ne pouvait pas comprendre, qu'il me laisse tranquille, est-ce qu'il n'était pas content des autres filles ?

Mais ce que Gino supportait le plus mal, ça n'était pas le manque à gagner. Ce dont il n'osait même pas parler, parce que ça lui faisait honte tellement il trouvait ça dégradant, c'était que j'aimais ça, et que ça crevait les yeux. Me renverser contre le mur, me faire voir et regarder faire le type à travers mes paupières mi-closes, l'écouter me parler sale, et le sentir si près que je pouvais l'entendre respirer et son envie à lui se mêler à la mienne et me faire quelque chose, démarrer le truc en grand, palpitations d'abord diffuses encore lointaines qui se précisaient, me venaient sous les doigts, gonflaient et me martelaient, me foutaient toute en l'air.

Et Gino voyait tout et il voulait que je parte de là. Parce que ce travail ne lui semblait supportable qu'à la seule et unique condition qu'on ait toutes horreur de ça. Les clients, qu'on les méprise hargneusement, et qu'on n'en veuille qu'à leur argent.

Lola non plus n'avait pas cette hostilité, inimitié vivace contre tout ce qui se présentait derrière les barreaux, *a priori*. Mais elle avait sa dope à financer et ne traînait pas en cabine n° 1.

J'étais la seule à le faire, systématiquement. Je n'allais ailleurs que si le client lui-même connaissait bien l'endroit et demandait dès le départ sa cabine préférée. Sans Big Mother qui veillait spécialement sur mon cas, je n'aurais jamais pu me le permettre. Je me serais de toute façon fait laminer par les filles si je n'avais pas eu la suprême caution.

Je parlais peu avec ceux qui rendaient triste, ou écœuraient. Je fermais les yeux presque tout de suite et je me mettais au boulot, mes mains faisaient ce qu'il fallait pour qu'ils n'aient pas à se plaindre, pour qu'ils aient à regarder en se tripotant. J'officiais patiemment, jusqu'à les entendre tirer le Kleenex ou remettre leur pantalon. Gino avait raison : ça m'aurait écorché la gueule de leur adresser un traître mot. Qu'ils n'aient même pas à se plaindre, qu'on en finisse au plus vite. Avec ceux qui me cliquaient comme il faut, je me tenais déjà moins tranquille.

Il fallait se faufiler pour entrer, puis quelques secondes pour s'habituer à la semi-obscurité. Je ne l'ai même pas reconnu tout de suite.

Quand j'ai repéré que c'était Saïd, j'ai ramené mes jambes à terre, serrées l'une contre l'autre, me suis penchée vers lui, désappointée. J'ai demandé :

— Tu veux quelque chose ?

Ce qui l'a fait éclater de rire, puis me regarder fixement, lueur amusée au fond des yeux, rien d'inquiétant :

— Je veux voir ce qui se passe là-dedans.

— Si ça t'ennuie pas, je vais appeler une autre fille, je fais pas ça avec des gens que je connais.

Mais il a fait remarquer :

— Moi, je m'en fous de regarder une fille que je connais pas le faire. Tu fais ça pour n'importe qui et moi tu me jettes comme un clochard ? Je te demande pas une faveur, juste de faire comme d'habitude.

Je me suis rassise correctement, cuisses amplement écartées, vulve en avant, mains sur les hanches, poitrine bien dégagée.

Il regardait autour de lui, apparemment pas pour se donner une contenance, mais pour bien profiter de chaque détail. Il expliquait :

— Alors c'est ça le temple du vice... J'imaginais ça plus luxe. C'est putain de cher ici, et les lascars y protestent pas ?

Je l'ai interrompu, mal à l'aise, effort pour le dissimuler, un peu sèche :

— Si on doit tout faire comme d'habitude, on va pas rester hors sujet trop longtemps. T'as qu'à la sortir et te branler, ça me mettra dans l'ambiance.

Il a baissé sa braguette, sourire et regard fixe, comme si je l'avais mis au défi.

Il avait ce genre de queue robuste, grande et droite. J'avais beaucoup de respect pour les types qui en sortaient une comme ça. Ça me faisait l'effet d'une image du bien, une représentation de l'honnêteté. Ça m'a changé le comportement, spontanément. Davantage de douceur, de bienveillance. Je me suis mise à aller doucement, à me mettre en train en me caressant.

Il n'avait pas les yeux exorbités, il n'avait l'air ni idiot ni dément, il ne s'est pas mis à radoter des trucs stupides, il est resté tel quel, quand ça a commencé. Il était attentif, presque attristé.

S'est approché de moi, ses mains étaient énormes et ses doigts s'enlaçaient au grillage, il était bien assez puissant pour menacer de l'arracher si l'envie l'en prenait.

Et je me suis mise tout près, à quelques centimètres, sans le lâcher des yeux, et les siens me regardaient partout ; sa main allait et venait, tout doucement au départ, le long de sa queue, il me regardait faire, vigilant et tendu, et ses doigts se crispaient, agrippés aux maillons, l'autre main astiquait, de plus en plus vite.

Bassin tendu en avant, pratiquement debout en face de lui, plaqué ma main sur la sienne, haletante et désordonnée, ça m'a fait feu dedans quand j'ai vu tout sortir, lui recouvrir un peu la main.

Je me suis rassise, étourdie, bien contente et très contentée. Il souriait largement, aucune trace de rancœur ni de gêne dans ses yeux, il a dit :

— T'es vraiment en commerce direct avec le diable, toi. Je sais pas si tu fais semblant, mais tu fais ça putain de bien...

— J'ai pas à me forcer.

J'ai ajouté :

— Pas courant, comment c'était ? en attendant qu'il se rhabille.

Et je ne mentais pas, ça avait été putain de violent, ça avait été putain de bien. J'ai quand même pensé à prévenir avant qu'il sorte :

— Si on se croise ce soir ou demain, ailleurs qu'ici... ça change rien...

Ça avait l'air de couler de source, il a souri, il avait des yeux comme sur les photos de guerre, quand les gens sont vraiment usés, creusés par la peur et la douleur :

— Bien sûr que ça change rien... C'est ton travail, tu fais comme ça avec tout le monde... T'inquiète pas, c'est pas mon truc, je voulais juste voir...

J'ai attendu qu'il soit bien sorti pour rejoindre le cagibi. C'était mon travail, je le faisais avec n'importe qui. Paradoxalement, ça faisait toujours quelque chose de se l'entendre rappeler. Mais je ne voulais pas l'admettre, pas les moyens. J'ai rejoint le cagibi en pensant à Roberta.

Les deux filles étaient là, m'ont jeté un drôle de regard parce qu'elles m'avaient entendue crier. J'ai expliqué aimablement :

— Ce boulot, c'est comme tout : quitte à le faire, autant le faire bien.

En fourrageant dans mon casier, à la recherche de la boulette. Je me suis assise face à la table de maquillage et j'ai commencé à brûler le biz sur un magazine ouvert.

Bien comme ça, ça n'arrivait pas souvent. Et je savais que ce genre d'épisode me suivait pendant plusieurs jours, images marquantes sélectionnées d'elles-mêmes, remontaient n'importe quand et m'allumaient au ventre.

Même à ce stade de l'excitation, je n'envisageais pas un instant d'aller plus loin. Je savais comment c'était, quand on me collait la fièvre et l'envie de le faire, quand j'empoignais quelqu'un, coller mes mains partout et laisser faire pareil. La limite bien tangible, quand me venait la ferme intention de l'exploser.

Jusqu'au moment donné, le moment d'être tout près, dès que je sentais une paume sur moi, dessous l'habit, et ça commençait à cogner, je me recroquevillais, souffle court, plus très bien. Panique montante, alarmes assourdissantes, je suffoquais, une peur terrible. Alors les doigts posés sur moi se faisaient menaçants, ou bien la bouche se collait à la mienne et faisait monter du vomi. Je ne contrôlais plus rien, basculée, fureur blanche, et je me mettais à cogner. Je pouvais être raide défoncée et ruisseler comme une chienne juste la seconde avant. Il y avait toujours le moment déclic où je me mettais à cogner. Je bénéficiais de l'effet de surprise, puisqu'en quelques secondes j'étais passée du consentement avide à la colère la plus rageuse. Les premiers coups assenés avec le maximum de force me suffisaient pour me détacher, et les types étaient tellement abasourdis, souffle coupé, pliés en deux, parce que je tapais dans l'estomac, dans les couilles et dans les tibias successivement, du plus fort que je pouvais, parce qu'il fallait absolument arrêter ça. Il ne fallait pas le faire.

Ces quelques tentatives s'étaient révélées très embarrassantes, parce que ce n'était pas évident de se trouver une explication adéquate.

Je le tenais donc pour acquis : même pas la peine d'essayer.

J'aurais été incapable de dire à quoi ça tenait. Je n'y réfléchissais jamais, et ça aurait été comme de demander à quelqu'un de décrire comment ça se passe dedans quand il respire et ce qui se passe exactement quand on l'étouffe. Manque d'air, c'est tout. Insupportable, même pas la peine.

J'ai roulé le biz, d'une oreille distraite et discrète j'écoutais les filles qui parlaient... Rien de bien drôle.

Et puis j'en ai eu marre d'être là, je me suis levée, je venais de prendre une décision comme j'en avais le secret et je suis allée voir Gino :

— Je me sens pas bien, je voudrais rentrer... Je sais, c'est lourd pour toi de me remplacer, mais là, ça va pas trop...

En fait, ça allait plutôt bien mieux qu'en arrivant, mais j'avais envie de prendre l'air, et je ne voyais pas pourquoi Roberta aurait des congés et pas moi... À ma grande surprise Gino n'a pas hurlé :

— Je vais me débrouiller avec les deux jusqu'à ce soir... Rentre chez toi, repose-toi.

J'ai pris un air hautement accablé :

— Je te remercie.

20 h 30

Arrivée devant ma porte, j'ai fouillé la dou-
blure intérieure de mon blouson et, ne trouvant
pas mes clés, j'ai sonné. Le temps que Guillaume
arrive, j'ai croisé la voisine qui rentrait chez elle,
avec un garçon qui n'était pas le voisin mais la
faisait rire trop fort.

— T'es déjà sortie ?

— J'en avais marre d'être là-bas.

— Vont quand même bien finir par te virer
un jour ou l'autre. Comme ça on pourra aller
faire des tours en ville ensemble.

Guillaume était tout seul, installé devant la télé.
Il conduisait un bolide très bruyant et se qualifiait
pour une course sur le circuit de Monaco :

— Regarde-moi, je vais tous les griller. Déjà,
je commence le premier, et tu connais mon style,
je vais rester premier tout le long.

À la cuisine j'ai ouvert le Frigidaire par simple automatisme, des fois qu'il soit rempli. Bon réflexe : Guillaume avait dû passer chez la mère et il avait rapporté de la viande et des bières.

J'ai ouvert une canette, mis la viande dans une poêle, je pensais à Mireille. Les gestes qu'elle avait, se recoiffer machinalement, sans s'interrompre, mouvement gracieux au-dessus de sa tête, les mains précises rajustaient une épingle, ramenaient une mèche dans le chignon. Buste droit, la poitrine gentiment tendue, les roses sur son épaule avaient une couleur un peu passée, elle avait dû faire ça il y a longtemps. Le dessin se prolongeait sur la poitrine, caché par la robe. La peau rougie par le froid, à moitié nue en plein hiver. « Vivifiant. » Quelque chose de grisant chez elle, jeu des yeux qui se baissaient délicatement puis se relevaient brusquement, déchiffraient avec intensité, et se détournaient encore. Les cils exagérément longs papillonnaient, marquaient le rythme.

En retournant la viande, je me demandais quel crédit accorder à quoi dans son petit déballage.

Alors j'ai entendu la voisine se mettre en route et, à ma connaissance, c'était la première fois qu'elle faisait ça avec quelqu'un d'autre que le voisin. Avec ce qu'il lui mettait, il fallait une santé certaine pour aller en demander ailleurs. Ça m'a fait doucement rigoler : les mêmes obscénités braillées sur le ton de l'urgence, pareil, désespérée, à l'heure du Jugement dernier.

La viande rétrécissait à vue d'œil dans la poêle.

Je me suis demandé ce que Saïd était venu foutre à L'Endo. J'ai eu un signe de la tête pour chasser l'idée, quelque chose de trop gênant là-dedans.

Guillaume m'a rejointe à la cuisine, sauvagement débonnaire, comme à son habitude :

— Tu vois, des fois ça me soûle d'être toujours le premier partout. Sérieux, je le connais trop bien ce jeu-là, va falloir penser à le remplacer, que je sois stimulé un peu. La fais pas trop griller la viande, tu fais toujours ça, c'est pas bon…

— T'as qu'à t'asseoir ici pour surveiller. T'as passé une bonne journée ?

— Overbooké. Dégommé tous les connards du Street Fighters. J'ai vérifié qu'on avait bien arrosé la plante verte, j'ai fait coucou au mec d'en face par la fenêtre parce qu'il écoutait Kevin Eubank, j'ai fait un peu de musique funky, j'ai fait une lessive, je suis arrivé premier sur tous les circuits… Super journée, quoi… Putain, des fois je regrette de pas travailler tellement je m'emmerde.

— Déconne pas avec ça… T'es pas allé au cinéma ?

— J'ai oublié de faire ça… Remarque, je crois bien que j'ai déjà vu tout ce qu'il y a à l'affiche. Putain, mais ôte la poêle du feu, ça va être complètement carbonisé ! Et toi, qu'est-ce que t'as fait ?

— Déjà, je suis allée voir ta copine serveuse.

— Elle t'a parlé de moi ?

— Non, mais je lui ai pas dit qu'on se connaissait.

— Ah… Elle est bien, hein ? Je vais retourner la voir moi aussi, c'est d'une fille comme ça que j'ai besoin. Vous avez parlé des deux Parisiennes et tout ?

— Elle en a parlé.

— Y a du scoop ?

— Pas vraiment… Tu connais un type qui s'appelle Victor, toi ?

— Je crois pas, non… Qu'est-ce que tu vas faire avec la viande ?

— Des pâtes, bien sûr. Tu mets l'eau à chauffer ?

— O.K. Qui c'est ce Victor ?

— *A priori*, c'est quelqu'un qui les met toutes d'accord. Ça serait à cause de lui qu'elles sont venues à Lyon. Et d'après Mireille il se serait occupé de la Reine-Mère en arrivant…

— Joli parcours... Bonne légende. Tu crois qu'il a un super pouvoir ?

— Probablement... Tu veux pas descendre chercher du pain et du vin ?

— Non, il me soûle le rebeu en dessous. Et au boulot, tout se passait bien ?

— Roberta en pleine crise, très, très éprouvée, un rien déconcertante... Saïd, en client.

— Saïd ?

— J'ai trouvé bizarre moi aussi. Tu savais qu'il connaissait les Parisiennes, toi ?

— Julien me l'avait dit, il était persuadé qu'il se tapait les deux, ça le rendait tout fou... Putain, t'as eu une journée chargée, à ta place je me sentirais un peu las.

— C'est bien comme ça que je me sens. Et toi, tu vas chercher du pain et du vin chez le rebeu ?

Le rebeu en bas de chez nous était le plus pourri de tout le quartier. Il ne vendait que des trucs pas bons et vraiment chers, son magasin était aussi moche que crad et c'était un sale con. Guillaume s'est finalement sacrifié :

— O.K., j'y vais. On a besoin de rien, sinon ?

— On a tout ce qu'il nous faut.

— Qu'est-ce que tu fais ce soir ?

— Rien de spécial.

— Viens à L'Arcade avec moi, y aura peut-être des nouvelles filles… le soir des illuminations, y a toujours des filles qu'on connaît pas qui boivent à fond.

— On va faire ça, ça nous changera de tous les jours…

Guillaume est passé dans sa chambre prendre sa parka. Il y est resté un moment puis m'a appelée, il était debout à côté du lit, pensif, a chuchoté :

— La voisine, elle est bizarre aujourd'hui…

— Justement, je me disais que je la trouvais exactement comme d'hab. Mais t'as raison : c'est pas son copain, c'est un autre, je les ai croisés sur le palier. À moins qu'ils soient trois… Mais non, on entendrait.

Guillaume a secoué la tête en signe de désapprobation et de vive désolation :

— Elle déconne, écoute, elle sonne même pas bien, qu'est-ce qu'elle se fait chier… Elles déconnent les filles, ça me rend triste.

Et il est sorti, passé au salon prendre de la fraîche. Moi, je suis restée dans la piaule, sourcils froncés, incapable de faire la différence entre le bordel de d'habitude et celui d'aujourd'hui, intriguée de ce que Guillaume ait l'oreille aussi juste. Quand il est passé dans l'entrée pour sortir, je l'ai arrêté :

— J'entends rien, qu'est-ce que tu trouves de changé toi ?

— Manque la magie.

Avec la puissance de l'évidence. Je me suis rendu compte que j'avais laissé cramer la viande et je suis retournée à la cuisine.

23 h 00

« La porte ! »

Au billard, Julien et Guillaume faisaient dans la frime désinvolte, se regardaient jouer en faisant des commentaires stupides. Une fille adossée au mur les regardait sans oser s'avancer au milieu d'eux. Elle avait déjà absorbé trop de bière pour sa petite corpulence et j'aurais juré que si on ôtait le mur elle se ramasserait.

Gino était assis à la table du milieu. C'était une mauvaise table, loin de l'aération et juste sous la barre de lumière. Mais il y était en bonne compagnie, faisait du gringue sans nuance à une fille qu'on ne connaissait pas.

Cathy est arrivée, flanquée de Roberta. Quelques regards ont convergé sur elles, qu'elles ont prétendu ne pas sentir et sont restées très dignes.

Manquait le crépitement des flashes, dommage. Elles sont restées debout à côté de la table de Gino, conversation soucieuse entre gens proches du drame. J'ai senti que je manquais au tableau, et je les ai rejointes.

— Complètement défigurées… la peau arrachée… Louise, il paraît que tu as vu les photos ? Moi, si c'est comme ça, j'arrête de travailler, je risque pas ma peau pour quelques biftons, c'est pas la peine… Il paraît qu'elles étaient dans des histoires de came… J'ai lu que ces types-là ne s'arrêtent jamais à une seule victime, il leur en faut en série… C'est l'époque qui veut ça… Et puis le sexe vendu comme ça, faut pas croire, ça attire tous les dégénérés… Si je le trouve, je le tue… Le médecin m'a donné des calmants, les filles, vous devriez aller le voir…

Je ne trouvais pas grand-chose à dire.

J'avais fini mon verre, je suis allée au comptoir. Mathieu m'a fait un signe de tête, que je prenne patience parce qu'il était débordé.

Saïd est arrivé, mains figées au fond des poches, l'œil rapide, rodé, capable de déchiffrer les lieux dans ses moindres détails. Il est venu droit sur moi, légère révérence du buste, amusé :

— Alors, comment va Louise Cyfer ?

Joli sourire, toujours. Ses yeux se plissaient, bouquet de rides délicates en coin. Les traits fins, le crâne presque rasé. Bouche ourlée comme celle d'une femme. Il n'était pas déconcerté, ne semblait pas embarrassé. Je me suis sentie bien en retour, autorisée à faire tout comme d'habitude.

On le voyait rarement dans les bars après 20 heures, il ne touchait pas à l'alcool et évitait d'être témoin de la progressive et inexorable glissade vers les grandes raideurs, pour lesquelles il n'avait aucune indulgence. Il n'émettait sur le sujet aucun commentaire, pas spécialement désireux de changer l'attitude de qui que ce soit. S'occupait de son propre cas, très strictement, et évitait de voir ça.

J'ai dit :

— T'es partout où on t'attend le moins, toi, ces temps, tu cherches à nous déstabiliser ?

— J'ai besoin de voir du pays en ce moment, de prendre l'air... Du bon air vicié de bar, des sales pays bien dégénérés.

Gaieté fébrile, encore un de subtilement détraqué. Il y avait comme un voile électrique sur chaque chose, la sensation qu'on glissait tous vers le même point.

Mathieu a rempli mon verre, je lui ai adressé un large sourire de sincère reconnaissance.

Saïd a rejoint la table des ex-proches des victimes. Je me suis bien gardée de lui emboîter le pas.

Sonia est arrivée alors que je m'accaparais un tabouret libéré, visage contrarié :

— J'ai appris pour les deux autres. Quelle merde…

Elle a salué nerveusement quelques personnes de la tête, en fouillant dans son sac dont elle a sorti son paquet de clopes et son briquet. Elle a expliqué :

— Je viens de faire un régulier, un type de la mairie, genre haut-fonctionnaire-mon-cul… Il m'a lessivée.

— Séduisant ?

— Pas trop mon type… Un peu tapette, raffiné et cultivé, genre grosse puissance mentale et bien tordu du cul. Il m'a collé un putain de mal de crâne.

Elle s'est interrompue parce que Mathieu était de l'autre côté du comptoir, tout sourire, pour dire bonsoir et qu'est-ce qu'elle voulait boire, est-ce que tout allait bien ? Elle s'est détendue, a réclamé une aspirine.

Sonia m'a expliqué, elle avait le débit tellement rapide qu'il fallait s'accrocher pour la comprendre :

— Le client, là… il m'a inquiétée…

— Trop massive pour ta petite corpulence ?

— Pas ça, non…

Elle a réfléchi, a souri, puis ajouté :

— Je crois pas que sa quéquette ferait peur à grand monde… Rien à voir, il m'a parlé de l'orga, une sorte de mise en garde… Rien de précis, mais il est du genre bien informé. Il dit qu'on est dans le collimateur. D'après lui, en ce qui concerne la mairie, les keufs, tout le bastringue des enculés qui nous laissaient tranquilles, c'est comme si c'était fait : le quartier, il est revendu, recyclé, refait de partout, visitable par tout le monde. Et l'orga, c'est rayé de la carte. Il s'est passé un truc, faut croire. Il avait l'air sérieux.

J'ai hasardé :

— Il y a eu d'autres moments un peu paniques, et on s'en est toujours sortis. C'est juste une secousse, ça va passer.

— C'est comme *Pierre et le Loup*, ce genre de connerie, t'as intérêt à sentir quand c'est la bonne, et moi je le sens là.

Elle s'est donné un coup au ventre, sonore.

Son visage s'était durci : tout cela ne lui faisait pas peur. Les sourcils noirs s'avançaient en une moue résolue, pas question qu'elle se laisse emporter. Elle avait cette fureur de la défense, ce goût de la protection qui ne laissait place à aucune nuance. Elle était forte d'une peur panique de la dégringolade et de la perte, qui lui donnerait l'énergie de tailler dans le gras de la peau dès la première plaie. Elle s'était mise en guerre, brutalement déterminée à s'en tirer.

Elle a levé son verre pour trinquer avec moi, comme le mien était vide elle s'est mise à appeler Mathieu en hurlant, pour qu'il me remette ça...

Laure est entrée à L'Arcade. Yeux hagards, grands ouverts. En chemise de nuit, pieds nus dans ses baskets, bras nus, alors qu'il faisait froid à durcir l'eau dehors. Elle est tombée nez à nez avec Julien, qui s'est incliné pour la saluer, convoiteur, donc galant. Elle l'a ignoré, fouillant la salle du regard, alarmée. Le chien était collé à sa jambe, ne courait pas partout comme à son habitude, et même pas vers son maître. Il restait là, immobile, collé à sa jambe. Elle s'est arrêtée net sur Saïd, qui tournait le dos à la salle, face à Roberta, ils s'étaient assis à la table du coin au fond et parlaient sans s'arrêter depuis que je les avais laissés. Laure n'a plus bougé, elle les regardait fixement, j'ai demandé :

— Tu cherches Saïd ?

Oui de la tête et puisqu'elle ne bougeait toujours pas, j'ai fait la maîtresse de maison, je lui ai fait signe d'attendre là et me suis faufilée jusqu'à leur table.

Saïd expliquait quelque chose à Roberta, il ne m'avait même pas vue arriver ; j'ai prévenu que Laure était là, sans expliquer qu'elle était en chemise de nuit puisqu'il allait bien le voir, il s'est retourné, cassé dans son élan et il était visiblement en train de parler de choses importantes. S'est précipité à la porte, ni contrarié ni surpris.

Et quand il est arrivé elle s'est contentée de le regarder, comme si elle s'attendait à voir quelque chose de nouveau qui lui serait apparu pleine face, un truc d'écrit, de révélé. C'était un regard très étrange, et Saïd n'a pas eu l'air surpris. Il a demandé :

— Tu n'arrives pas à dormir ?

Sur ce ton qu'il avait avec elle, un ton de papa qui n'en revient pas que sa petite fille soit si fofolle. Et sur ce même ton :

— Tu veux quelque chose ?

— Tu ne rentres pas ?

Les grands yeux clairs et effarés, Saïd a changé de ton, toujours papa mais plus impatient, une conversation qu'ils avaient eue cent fois :

— Bien sûr que si, je rentre, j'en ai pas pour longtemps, je discute avec Roberta cinq minutes et je rentre.

— Pourquoi tu ne rentres pas ?

— Parce que j'ai envie de prendre l'air en ce moment. Écoute, Laure, je suis à la maison tout le temps, je sors jamais. Et ce soir, un seul soir, je suis dehors à minuit à discuter et toi il faut que tu viennes ici me gâcher la vie ?

Il détachait ses mots, comme pour lui faire bien rentrer dans le crâne un peu de sa raison à lui. Et elle, obstinément, avec la même intonation tragique :

— Je te gâche la vie ? D'habitude, c'est toi qui veux jamais sortir, pourquoi en ce moment tu es toujours dehors ? Pourquoi tu ne me demandes pas de venir ?

Zombification, voix d'outre-tombe, très aiguë-fragile, le genre de voix qui se brise. Un moment qu'elle devait tourner en rond à la maison et surveiller par la fenêtre, et se figer à chaque bruit dans l'escalier, est-ce qu'il arrivait enfin ?

Elle n'en revenait pas, sans colère ni aucune énergie pour se défendre, regarde les siens préparer de longs couteaux pour lui tailler les veines et se demande pourquoi, ce qu'elle a bien pu faire.

Saïd l'a prise par l'épaule :

— Je te demande pas de venir parce que j'aime pas te voir ici.

Coup d'œil appuyé sur Julien qui s'était rapproché.

— Y a des gens ici que j'aime pas savoir autour de toi.

— Mais moi je veux être ici, je veux être là où tu es, je veux m'asseoir et boire un verre avec toi, là où tu es tout le temps en ce moment. Tout le temps, Saïd.

Mais il avait déjà sorti un billet de vingt sacs froissé de la poche arrière de son jean, me l'a fourré dans la main ; en me demandant de l'excuser auprès de Roberta et de payer ce qu'il devait, s'est incliné en avant en souriant pour nous saluer et l'a entraînée dehors. Le chien suivait, pataud.

Moi et Julien avons attendu un moment avant d'y aller de nos commentaires d'usage, il a ouvert les hostilités :

— Ce qu'elle est fragile, putain, ce qu'elle est belle… Moi, une femme pareille m'aimerait, jamais je la ferais sortir en chemise de nuit dans la rue pour me rechercher dans les bars.

— L'important, c'est que tu n'aies pas l'impression de raconter n'importe quoi.

— Tu me crois pas ? Parce que tu m'as jamais vu avec une fille pareille. Je serais pas le même, Louise, c'est ça qu'il faut voir aussi.

— O.K., on peut pas savoir comment toi tu serais avec une fille pareille. Mais on sait comment est Saïd, et y a guère plus régulier.

— Moi, je pense que c'est malsain. Ce type, toutes les filles lui courent après, lui il y donne

jamais un seul coup d'œil, il a un problème.
Toi, forcément, t'es partisane, comme la plupart
des filles d'ailleurs. Ce type-là, c'est l'idole, vous
êtes toutes là à vous extasier… Ça me fait rigoler, moi.

— Qu'est-ce que tu ferais de mieux, toi, avec
une fille pareille ?

— Déja je la décoincerais.

Il s'était brusquement emporté, sur ce mot-là,
la clé de voûte de son raisonnement :

— Tu la vois, elle est toute recroquevillée,
quel gâchis… Une fille avec un potentiel pareil,
moi je commencerais par la décoincer.

— Tu la mettrais au tapin ?

Au lieu de répondre il fixait l'entrée ; suivant
son regard je me suis retournée. Mireille venait
d'arriver.

Ni chez elle ni désarçonnée. Elle a tout de
suite trouvé le coin où s'accouder, la pose à
adopter, sourire aimable mais pas trop enga-
geant. Parfaite. S'était changée, portait un futal
en cuir et un blouson en jean, et portait ça assez
bien pour que Julien demande :

— Tu crois qu'elle a un appartement, elle ?

J'ai profité de l'occasion pour frimer à bon
compte en déclinant son CV :

— Ça se pourrait bien. Elle vient de Paris, elle était serveuse, maintenant elle bosse vers Bellecour. Elle s'appelle Mireille, elle a une voix qui va probablement t'impressionner.

Et je suis partie la voir, lui demander ce qu'elle foutait là.

Mathieu a hurlé une première fois :

— Finissez vos verres ! pour prévenir que c'était bientôt l'heure de vider les lieux.

Mireille m'a accueillie, sourire édenté :

— Je t'avais pas vue. Mais je me doutais bien que tu traînais ici, je me suis renseignée...

— Tu voulais me voir ?

— Oui. Je connais pas grand-monde dans cette ville, et je me suis dit qu'on pourrait peut-être parler d'autres choses que de Stef et Lola...

Comme Mathieu passait à notre hauteur, rinçant des verres à toute allure avant de cavaler en rechercher d'autres vides et en profiter pour houspiller les consommateurs qui traînaient, je lui ai expliqué :

— Tu pourrais lui en mettre un, elle se dépêche ?

Il a relevé la tête pour m'expliquer pour la centième fois de l'année que ça ne l'arrangeait pas de servir un verre à la fermeture parce que ensuite... Mais il a changé d'avis et d'expression en la voyant, parce qu'elle mettait tout le monde d'accord avec son sourire à trou noir, lui a mis un verre sans discuter, conseillant sobrement :

— Dépêche-toi, on ferme.

Et à la cantonade il a répété :

— Finissez vos verres, c'est l'heure !

J'ai chaudement félicité Mireille :

— C'est hyper rare de réussir ce coup-là, hyper rare...

Et elle m'a rendu la pareille :

— T'as l'air d'être bien vue dans ce bar, au moins tu viens pas tous les soirs pour rien.

Les gens sortaient, paresseusement. L'Arcade était presque vide, Mathieu avait éteint la musique. On allait sortir à notre tour, se répartir dans les voitures pour aller au Checking.

1 h 30

Sur le pas de la porte les indécis se concertaient, se demandaient comment finir la nuit.

Ils se sont écartés devant une grosse voiture noire qui a ralenti devant l'entrée.

Et se sont tous dispersés, rentrés chez eux sans plus attendre, lorsque en sont sortis quatre hommes et une femme. Trop rigides pour l'heure, trop synchro, ils étaient venus coller l'embrouille.

Elle est entrée la première à L'Arcade, les trois hommes suivaient en silence, mains croisées dans le dos.

Exception faite de Mireille, qui débarquait dans le coin, nous la connaissions tous. Mme Cheung était l'ancienne propriétaire des salons de massage et des bars à putes les plus cotés de la ville. Initialement, c'était la femme d'un chirurgien marseillais et ensemble ils avaient ouvert des établissements somptueux. La Reine-Mère avait profité de ce qu'ils se séparaient en mauvais termes et pas d'accord sur la répartition des biens pour faire main basse sur tous leurs commerces.

Elle n'avait pas été exactement correcte dans cette opération, mais avait en revanche fait preuve d'une implacable efficacité.

Le mari chirurgien avait purement et simplement quitté la ville. Mme Cheung avait bien essayé de sauver quelques meubles. Mais aucune fille n'avait accepté de retravailler pour elle, parce que la Reine-Mère les avait sévèrement briefées, et les rumeurs, si infondées soient-elles, ont toujours la peau dure. De plus, les flics avaient choisi leur camp. Mme Cheung s'était retranchée sur d'autres commerces.

C'était une petite femme sèche, les cheveux noir de jais tirés en arrière, sourcils noirs bien dessinés. C'était une Madame, mais à cause de sa petite taille et de la délicatesse de ses traits elle ressemblait à un petit garçon vif et espiègle.

Elle n'avait jamais foutu les pieds au quartier.

C'était la seule du groupe à ne pas porter de lunettes noires. Silence pesant accueillant leur entrée.

Mathieu était au milieu de la salle, il montait les chaises sur les tables pour pouvoir balayer.

Il s'est à peine interrompu, a secoué la tête et, comme s'il s'agissait de n'importe qui, a affirmé :

— On ferme, faut sortir.

Mme Cheung n'a pas bougé, mais ses copains se sont installés à la dernière table où il restait des chaises. Elle a rectifié :

— Tu fermes. Nous, on reste.

On était en groupe juste à côté de la porte, Mireille, Julien, Gino, Guillaume et moi, sur le point de sortir. On s'est tous rassis au comptoir, pas bien sûrs de la marche à suivre.

Saïd est revenu à ce moment-là, large sourire, en entrant s'est exclamé :

— Vous êtes pas encore partis ? J'ai pas sommeil, moi. Oh, Mathieu, je peux me faire un café ?

Parce qu'après la fermeture nous restions fréquemment entre nous pour en boire quelques derniers.

Il était déjà passé derrière le bar quand il a remarqué que nous n'étions pas seulement entre nous.

Mathieu est allé prendre son balai, puis est venu en face de la femme, elle lui arrivait à peine au torse. Il s'est penché sur elle pour répéter, trop calmement :

— Je crois que vous allez sortir d'ici tout de suite, j'ai du ménage à faire.

Je l'ai trouvé très bien, définitivement viril.

Les quatre sbires n'étaient pas mal non plus, impassibles et figés dans de jolies positions autour de leur table. Ne bronchaient pas, regardaient on ne sait où ; on ne sait quoi, derrière leurs lunettes noires.

Nous cinq côté comptoir étions plus fébriles mais parfaitement immobiles.

Mais ça faisait ce truc physique, quand on est dans un groupe qui s'oppose à un autre, et brusquement les gens sont vraiment proches, appartiennent au même corps. Le truc au ventre, qui réclame soulagement, envie que ça claque, que ça cogne, la peur grimpante qui se muait en hargne.

Sourire mielleux appelant la claque, Mme Cheung n'a pas bougé d'un pouce, a dit :

— Je veux voir la chef.

Mathieu a secoué la tête :

— T'es pas chez elle ici, t'es chez moi et tu sors.

En guise de réponse elle s'est fendue d'un éclat de rire tonitruant, en se penchant un peu en arrière. Les sbires y sont allés d'un vague rictus en guise de soutien.

Elle a interrompu son rire net, en plein élan. Ça m'a fait une grosse impression.

Je devais avoir une bonne gueule de cible, puisqu'elle s'est tournée vers moi et sur le ton du papotage aimable :

— Des filles qui viennent de chez vous m'ont dit que vous vous mettiez au snuf ? Il paraît que vous en avez déjà fait découper deux… C'est pas un mauvais marché, surtout si vous avez les moyens de vous payer des Blanches. Mais je suis étonnée, vous n'avez pas été très discrets…

Saïd s'est collé à elle :

— La putain de toi, on vient de te dire de dégager…

Premier mouvement, déclencheur, suivi d'un grand tumulte.

Les quatre se sont levés dans un même élan. Deux chaises sont tombées, fracas.

J'ai vu l'un d'eux empoigner Saïd par les cheveux, l'entraîner jusqu'au comptoir, le maintenir la gueule écrasée dans une flaque de bière, canon contre la nuque.

Autre plan, un autre à califourchon sur Guillaume, bras tendus, doigts crispés sur un *gun* tenu à quelques centimètres de son front.

Mathieu avait probablement esquissé un mouvement pour se saisir de quelque chose sous le comptoir. Détonation, puissante, odeur de poudre aussitôt, rangée de bouteilles brisées derrière lui. Il s'est relevé sans se hâter, deux silhouettes en noir s'étaient postées à la porte d'entrée, ils tenaient tout le bar en joue et surveillaient que tout le monde reste tranquille.

Mme Cheung a calmement balayé la pièce du regard. L'enculée avait vraiment un bon style de frime, elle a pris tout son temps, et une lueur d'excitation féroce lui allumait les yeux.

Elle a déclaré sur un ton franchement désolé et trop affable, le ton de celle qui voudrait bien faire plaisir mais qui ne peut vraiment pas :

— Ça fait une semaine que je la cherche, j'ai des choses importantes à voir avec elle.

Elle a marqué une pause et conclut :

— Et je ne crois pas que vous soyez en mesure de nous faire quitter les lieux de force…

Rage de l'impuissance, humiliante sensation et j'avais l'impression de n'être pas assez rapide, pas assez téméraire. Le coup de feu dans la vitrine derrière le comptoir m'avait tétanisée, vrillé les tympans et bloquée net.

Elle a juste toussé, la Reine-Mère, flanquée de deux de ses filles. Le collant de l'une d'elles avait filé. Mais elles mettaient tout le monde dans le vent, en matière d'assurance flegmatique. Et puis, juchées sur leurs talons, on aurait dit que les maîtresses venaient calmer le jeu dans la cour des petits.

Sonia était derrière elles, je n'avais même pas remarqué qu'elle s'était éclipsée dès que la voiture s'était garée devant. Je me suis sentie encore plus conne, vraiment quelqu'un qui ne sert à rien.

Mme Cheung a fait signe à ses lascars de lâcher leur proie respective, et de baisser les armes.

Les deux chefs avaient un coaching assez similaire : théâtral et minimaliste.

Il y a eu un moment de bruits : Guillaume, qui pestait en se relevant ; Saïd, qui retournait s'asseoir comme s'il sortait des chiottes. Moi, j'ai relevé une table, Sonia a remis une chaise en place. Guillaume a commenté :

— Bonne ambiance quand même...

En s'époussetant une dernière fois, puis s'est assis.

Julien était blanc comme un linge, il y a des gens que la violence affecte réellement, il suffit qu'ils continuent de réfléchir normalement pendant que ça se passe. Je ne sais pas quelle tête je faisais, mais le sentiment de lâcheté est moins pénible aux filles.

Mathieu s'était remis à essuyer des verres, on pouvait trouver quelques défauts à ce garçon, mais pas de manquer de sang-froid.

Mireille a tourné le dos à la scène et s'est occupée de bien le détailler. Elle n'avait pas l'air trop impressionné, elle avait même sorti son plus beau sourire.

Ça faisait comme une scène au ralenti, comme s'il manquait quelque chose au son, à l'air. Un vide. Le soulagement brutal et exténuant d'après l'effroi. Situation brusquement désamorcée, et on était comme vaguement K.O., un peu nigauds.

Le face-à-face silencieux Reine-Mère-Mme Cheung a duré un petit moment, elles avaient l'air de prendre un malin plaisir à se regarder. La Reine-Mère en imposait autrement plus, elle avait l'avantage mamellaire.

Mme Cheung a fini par se lancer :

— Je te cherchais.

— Tu cherchais la merde.

— Je te cherchais, oui.

— Qu'est-ce qui t'arrive ?

— Le désordre règne en ce moment. J'entends raconter partout que tu protèges un tueur… Il y a plein de filles de chez toi qui rappliquent chez moi, paniquées et pleines d'histoires à dormir debout. Vu comment tu t'occupes d'elles, je les comprends. Moi, je suis prête à les récupérer, et j'ai les moyens de protéger tout le monde. C'est bourré de trésors, ici, et si tu brades je suis preneuse. Je suis même prête à discuter arrangements. Alors comme tu refusais obstinément de me voir, je me suis permis d'employer les grands moyens.

— J'ai rien à discuter avec toi. J'ai jamais travaillé avec des branleuses.

Elle a souri encore une fois, plus pincée :

— Tu crois vraiment que tu as encore les moyens de le prendre sur ce ton ?

— Je t'ai fait savoir que je ne voulais même pas te voir. Je pense qu'on t'a demandé de sortir... Et je crois que tu ferais mieux d'obtempérer, avec tes gnomes...

Mme Cheung a changé de ton d'un seul coup, de courtoise elle est passée à hystérique, sans qu'on comprenne bien ce qui l'avait mise dans une telle rage. Un caractère cyclothymique.

— Écoute-moi bien, sale truie visqueuse. Ton quartier, tout compris, bâtiments et gens, je le rachète dans le mois. J'étais venue te voir pour qu'on s'arrange entre gens raisonnables. Mais tu préfères tout gâcher plutôt que de voir les choses continuer sans toi, et je ne te croyais pas si stupide.

Saïd lui a sauté à la gorge, littéralement. La Reine-Mère l'a retenu à temps. Une bonne poigne. Un drôle d'échange de regards entre elle et lui, à jurer que s'ils avaient été seuls ils se seraient métamorphosés en grosses bêtes à poil et à dents longues.

Mme Cheung est sortie, furieuse et méprisante, suivie de ses bonshommes.

Mathieu a remarqué, bon esprit :

— Que de bordel pour si peu de chose. Pour ce qu'ils avaient à dire, ils auraient pu envoyer une carte postale.

L'esprit de solidarité, on a vaguement ricané. Mais personne n'a trouvé autre chose à dire.

En fait, on attendait tous une déclaration de la Reine-Mère : qu'elle nous explique ce qui s'était passé, ce qui allait se passer, quel temps il faisait dehors, toutes ces choses...

Mais elle n'a rien dit. Elle a juste demandé :

— Ça va, y a pas eu de casse ?

Et comme on faisait tous signe que non, il n'y avait rien eu de bien grave. Elle avait l'air de trouver tout ça très fastidieux. Elle a dit :

— Bonne chance pour la suite des opérations.

Avant de sortir.

Saïd a fait mine de la suivre, elle s'est retournée, a pointé son doigt sur lui :

— Toi, je ne veux plus te voir.

Elle semblait exténuée, et avoir la tête ailleurs.

Il est resté sur place.

14 h 00

— Retourne-toi, sale putain, fais-moi voir ton derrière... Penche-toi bien, petite salope, montre-moi ton bazar. Tu mouilles, je vois ça d'ici.

Papy glapissait, faisait des petits bonds sur son tabouret. Il a émis un râle bizarre, j'ai jeté un coup d'œil par-dessus mon épaule. Quelques gouttes blanches perlaient au bout de son appendice rougeaud.

Couchée trop tard la veille, on avait fait la fermeture du Checking, tous survoltés parce que les branleurs n'avaient pas fait long feu à L'Arcade, à raconter partout comment la Reine-Mère les avait mis fissa en déroute.

Je me sentais brassée de l'estomac et fragile de la tête.

Le vieux monsieur s'est reboutonné, est redevenu courtois et m'a félicitée :

— Vous avez été délicieuse.

Je suis retournée au cagibi.

Cathy, assise, se limait les ongles. Elle portait des chaussures plates à boucle, une jupe plissée bleue sur une petite culotte blanche de pisseuse, un corsage sage mais transparent. Et les yeux cernés.

Roberta n'était pas venue travailler, le docteur avait expliqué qu'elle le supporterait mal. La Reine-Mère avait envoyé une fille pour la remplacer, Gino avait tiré une drôle de gueule quand il s'était rendu compte qu'elle avait les mamelles et les lèvres du ventre tellement percées que ça faisait un petit cliquetis quand elle dansait. Elle avait la peau très blanche et le bas du dos tatoué façon celtique. C'était une fille très moderne.

Je me suis assise, massé la nuque. Cathy et moi avons repris la même conversation que nous avions engagée depuis le matin, incessamment interrompues par le haut-parleur qui nous réclamait en piste. Je disais :

— Si c'était un client d'ici, il y aurait eu du foutre partout. Et il n'y en avait pas une seule putain de goutte. Je pense pas qu'on ait à s'en faire, sérieux, tu devrais te détendre.

Elle a secoué la tête d'un air inquiet :

— Mais tu te rends compte que c'est probablement quelqu'un qu'on connaît qui a fait ça ?

— T'en sais rien, elles avaient une histoire avant d'arriver ici, tu les connaissais pas assez pour...

— Cette fille avec qui tu étais hier, il paraît qu'elle les connaissait aussi ?

— Ouais, d'après elle ça serait peut-être une histoire de garçon...

— Un mec jaloux ?

— En plus compliqué, mais qui revient au même...

Depuis le matin, on n'avait parlé que de ça, et on répétait tout le temps la même chose. Ça ne me déplaisait pas d'essayer de la convaincre de ne pas s'en faire, puisque, dans l'exercice, je me trouvais d'excellentes raisons de ne pas m'inquiéter non plus.

La fille qui remplaçait Roberta est revenue au cagibi, ses affaires en vinyle à la main, nue et massive. Je ne pouvais pas m'empêcher de lui fixer la fente à chaque fois, les grandes lèvres déformées, mutilées, criblées d'anneaux barbares et de clous.

Du haut-parleur Gino a annoncé :

— Greta, tu vas en cabine n° 4.

Elle y est allée sans se rhabiller. Moi et Cathy l'avons regardée partir pensivement. C'était la cabine la plus chère, on y allait rarement directement. Elle était au fond du peep-show, assez spacieuse pour contenir une sorte de petite scène et il n'y avait ni grillage ni Plexiglas entre le client et la fille.

Cathy a soufflé sur son ongle pour bien voir ce qu'elle faisait avec sa lime, elle a dit :

— J'aime pas ce qu'on fait. J'en ai parlé avec Roberta et avec Saïd hier soir, c'est dégueulasse ce qu'on fait…

Le haut-parleur a exigé :

— En piste pour un choix… Faites durer, vous n'êtes que deux.

Pour une fois je me suis levée la première, j'ai soufflé :

— Va te faire foutre, en regardant le haut-parleur, et à l'adresse de Cathy :

— C'est de travailler qu'est dégueulasse, pas de travailler ici en particulier…

Et je suis passée en piste.

14 h 30

J'ai regardé le bas des miroirs, pour repérer celui qui était ouvert. Ils l'étaient tous.

Le samedi était un gros jour. Mais on voyait rarement les huit boxes occupés, c'était peut-être même la première fois que ça arrivait.

Sur l'écran vidéo une fille couchée sur une table suçait un type qui la guidait par les cheveux pendant qu'un autre installé entre ses cuisses la faisait décoller à coups de boutoir. J'aimais bien cette scène.

Connard Ier n'avait rien trouvé de mieux à mettre comme cassette qu'un morceau drôlement triste et pas du tout dansant où le chanteur égrenait : *Je peux très bien me passer de toi.*

Je me suis appuyée contre le pouf couvert de fourrure rouge qui était au centre de la piste. Cul tendu en arrière, je me caressais par-dessus ma petite culotte. J'avais sorti le grand jeu en matière de dentelle noire. Je me suis retournée et levée, laissé glisser ma chemise et passé ma main sur mon ventre, avant de descendre vers mon slip.

Un hurlement m'a arrêtée en plein mouvement. L'espace déchiré, de haut en bas, une vitesse incroyable, je me suis précipitée dehors, entrailles dans les talons, sang aux tempes, vertige de trouille, et les idées très claires : « Il est revenu. Il est en cabine avec la fille. La pleine de piercings, il est en train de se la faire. »

Je suis rentrée dans Cathy en déboulant dans le couloir, l'entrée de L'Endo était sur notre gauche. Les huit portes des boxes autour de la piste se sont ouvertes en même temps.

En sont sortis huit hommes, *guns* en main. Comme s'ils avaient répété la chorégraphie, ils se sont réparti l'espace sans hésitation. J'ai vu deux canons pointés sur moi, puis j'ai réalisé que deux s'étaient dirigés sur Cathy, deux sur Gino. Bras tendus, impeccables, en angle droit par rapport au buste. Les deux derniers s'étaient postés de part et d'autre du rideau rouge de l'entrée, plaqués au mur. Menton haut et regard fixe, cravatés, cheveux gominés en arrière.

Entrelacs de canons savamment dirigés, toile efficace et imparable.

Le temps de bien réaliser que nous avions de gros soucis, la fille a hurlé à s'éclater la gorge, nos trois regards se sont fixés sur le passage étroit et sombre qui menait en cabine n° 4. Aucun d'entre nous n'a bougé. Le cri s'est transformé en un râle indistinct et mêlé de sanglots, un homme s'est avancé lentement. Démarche de frimeur, beaucoup d'arrogance dans son attitude et sa façon de ne pas se presser.

Son manteau descendait jusqu'aux chevilles, lunettes noires rutilantes, il est venu se mettre au milieu de nous, en évidence sous les sunlights. Il ne disait rien, il semblait savourer la tension.

Il faisait sauter dans sa main des petites choses brillantes.

Je n'ai pas compris ce que c'était jusqu'à ce que la fille arrive à son tour, braillante, clopinante et nue. Ses cuisses robustes maculées de sang, ses lèvres rasées en charpie ; ses seins barbouillés de rouge. Plus d'anneaux, il les avait tous arrachés et les faisait sauter dans sa main. Quand elle nous a vus encadrés de canons, statufiés et impuissants, elle est tombée à genoux en pleurant, s'est tordue par terre, s'empoignant le sexe à deux mains, puis les portant devant ses yeux s'est mise à hurler de plus belle.

L'homme aux lunettes noires faisait sauter son butin dans le creux de sa main. Elle a fini par le soûler, il a eu un signe agacé du menton dans sa direction, l'un de ses collègues lui a décroché un grand coup de pied dans la mâchoire. Elle a effectivement baissé d'un ton, sangloté en aparté. S'approchant de Cathy et de moi, l'homme a pris la parole :

— Deux filles ont été assassinées il y a trois jours, et on ne peut pas dire que votre sécurité soit bien assurée pour autant... Décidément, tout cela manque de sérieux...

Comme s'il le regrettait sincèrement. Il avait une façon bien particulière de détacher les syllabes, il s'adressait à nous très gentiment. De près, on voyait qu'il y avait du sang et des poils sur les anneaux. Il a écarté les bras, levé les yeux au ciel :

— La vieille folle a envoyé ces deux filles à l'abattoir. Et maintenant, elle vous laisse exposées à tous les dangers. Mais elle ne veut pas négocier avec nous, elle ne veut rien entendre... Elle est même très désagréable...

Je me tenais droite et me sentais très attentive. Au canon pointé sur moi, présence obsédante qui me collait en apesanteur. Le reste se déroulait en arrière-plan, je sentais que je pouvais me faire exploser d'une simple pression sur la gâchette, je n'avais que cette idée en tête. Aussi proche qu'inacceptable. Je n'avais pas vraiment peur, j'étais juste bloquée net, reliée au canon de façon presque tangible. Sur le tranchant, pleine de précautions. L'homme m'a demandé :

— Vous vous rendez compte qu'un fou dangereux a tué deux amies à vous ? Qu'il est laissé en liberté et protégé par l'orga ? Et même probablement rémunéré par l'orga pour ramener des images qui se vendent cher... Et au lieu de se faire arracher ses babioles, cette pauvre fille aurait pu y rester ! Vous trouvez ça normal ?

— À vrai dire, jusqu'à ce que vous arriviez, ça ne me perturbait pas plus que ça...

J'ai répondu ça sur un ton surprenant, le même ton que si je m'étais adressée à Julien au comptoir de L'Arcade. Trop de *guns*, trop d'hommes en noir, trop de pleurs de la fille agenouillée. J'avais un plomb de grillé, quitté mon corps, ma voix et les sentiments vivants. J'étais absente pour un moment, je ne voulais surtout pas dire de conneries pourtant, surtout pas le provoquer. L'homme aux lunettes a souri, m'a prise par l'épaule. Il était bien plus petit que moi, ce qui en l'espèce ne lui ôtait aucune supériorité. Il a affirmé, rassurant et sérieux :

— Mais tout cela va changer.

Il s'est retourné, a regagné le rideau de velours de l'entrée, Gino n'a même pas cillé quand il est passé devant lui. L'homme aux lunettes était toujours souriant, il a croisé ses mains devant lui, signe de tête.

Et six des armes se sont déplacées en même temps, en un mouvement plein de grâce, presque lent.

Ils ont vidé leurs chargeurs sur Gino, qui est resté debout un moment, ses bras se sont levés et il tressautait, marionnette criblée d'impacts rouges, boucan assourdissant.

Puis les bras se sont rabattus, silence abyssal, l'homme a décrété :

— Maintenant, c'est moi le patron.

Ils ont vidé les lieux.

Alors, seulement, la faille temporelle s'est refermée, Gino était à terre et nous nous sommes toutes trois remises en mouvement et en cris en même temps.

1 h 00

Mathieu et Serge calaient les lourdes barres de fer qui servaient à bloquer les volets. Le bar venait de fermer.

Sonia, pour une fois dans le flegme, faisait de nonchalants aller et retour entre les tables et le bar, y rapportait quelques verres, cendriers pleins, paquets de clopes vides et froissés.

Cathy, ivre morte, s'était allongée sur une banquette et endormie. Ne s'était pas changée au sortir de L'Endo, ressemblait plus que jamais à une gamine que les parents ont traînée à une fête qui dure tard. Elle respirait bouche grande ouverte, montrait ses dents du fond noir et argent pleines de caries.

Saïd, assis à côté d'elle, était plongé dans ses pensées. La tension lui redessinait la mâchoire, de nouvelles veines saillantes aux tempes et il gardait ses mains croisées sur ses genoux.

Mireille jouait au billard, elle portait une robe de western, quelque chose en daim, tournait autour de la table, concentrée sur le jeu. On entendait les boules claquer.

Elle était déjà à L'Arcade quand moi et Cathy étions revenues de chez les keufs. Toute la soirée, je l'avais sentie près de mon épaule, je la sentais bouleversée, excitée par la mort, et très douce avec moi.

La plupart des lumières du bar étaient éteintes, sauf celles juste au-dessus du comptoir, qui faisaient briller les bouteilles et les verres alignés. Il n'y avait plus de musique et personne ne parlait fort.

Même les keufs, chez qui nous avions passé l'après-midi, s'étaient montrés plutôt courtois. Absolument indifférents. J'entendais Cathy hurler dans le bureau d'à côté, puis elle s'était calmée, nous avions signé de drôles de dépositions. Je m'attendais à ce que la Reine-Mère se pointe et nous fasse sortir de là. Mais elle ne s'était pas manifestée.

À vrai dire, elle était introuvable.

Assise à côté de Guillaume, sur les banquettes en face de celles où Cathy s'était allongée, je regardais Mathieu empiler méthodiquement les chaises sur les tables. De l'épaule au coude et de toute la jambe je me tenais contre mon frère, j'avais assez bu pour me sentir flotter et bien sentir son souffle se prolonger dans moi, me réchauffer les pores.

Je me sentais tout à fait bien, ataraxique décrochage.

Sonia a passé un coup de balai, les yeux rivés au sol, ne ratait pas un seul mégot.

Il n'allait manquer à aucune d'entre nous, mais c'était quand même une drôle de mort pour Gino.

La fille aux anneaux avait été hospitalisée, personne ne la connaissait, les infirmiers avaient dit que c'était plus spectaculaire que grave.

Le plus étrange finalement, c'était l'absence de la Reine-Mère. Parce qu'il n'y avait personne pour nous expliquer, au fait, ce qui s'était passé.

Nous étions exceptionnellement calmes, genre mis au ralenti.

J'avais l'intérieur endommagé et sensible façon exacerbée à ce qui était bon. Je me tenais tranquille à côté de Guillaume, tout allait bien se passer.

3 h 30

— Il la traînait plus bas que terre, il la traitait comme une chienne. Et j'ai fini par l'éclater,
parce que je ne pouvais pas le laisser faire. Et
elle le sait très bien pourtant, que je n'avais pas
le choix.

On était sur le siège arrière. Stationnés devant
Le Checking et tous les autres étaient rentrés,
mais Saïd m'avait retenue par la manche, il voulait qu'on discute.

Je l'avais d'abord mal pris, attendu au tournant, persuadée qu'il allait vouloir me toucher.
Puis je m'étais rendu compte qu'il n'y pensait
même pas, progressivement je m'étais décollée
de la portière, assise plus confortablement. Mais
quand même, ça me déplaisait toujours, être
seule avec un garçon.

Il parlait en fixant le plafond, la tête renversée en arrière, ses yeux étaient brillants et inquiets, fouillaient le noir de la rue comme s'attendant à ce que quelque chose en surgisse, quelque chose d'apaisant.

— Sûrement un rapport entre lui et la mort de Stef et de Lola, c'est pour ça qu'elle a disparu, elle ne veut pas savoir. Elle ne cherche même pas à se défendre.

Il a balancé un violent coup de poing dans la vitre, puis il s'est ramassé et crispé sur lui-même, comme s'il était entré en combat avec une idée et qu'il essayait de l'écraser dedans lui. J'ai demandé :

— C'est de la Reine-Mère que tu parles ?

Pour montrer que j'essayais quand même de suivre, et pour dire quelque chose parce que si j'avais suggéré : « Viens, on va danser, ça te changera les idées », comme j'en avais envie, ça n'aurait pas sonné pertinent. Il s'est laissé aller dans le siège, plaidoyer véhément :

— L'enfant de salope s'était installé chez elle. Quand j'y étais, il lui parlait mal, il la touchait devant moi. Pour me montrer qu'elle ne protestait pas. Et elle, ça la gênait, mais elle le laissait faire. Chaque fois que j'allais chez elle, je tombais sur ce type, toujours défoncé, qui la

traitait comme une chienne. Il lui tapait de la
tune, devant moi, exprès, il lui disait : « Ramène-
moi ça et ça » et « Ça, c'est pas bon, ramène
autre chose » ou « Cette dope est dégueulasse,
tu te fous de ma gueule ? » Quand j'ai rencontré Stef et Lola, j'ai compris qu'elles le cherchaient elles aussi. Je ne comprends pas ce qu'il
leur fait… La Reine-Mère, Stef, Lola, Mireille…
Comme un envoûtement.

— Il les bourre, à croire qu'il fait ça drôlement bien. T'as fait dans le violent avec lui ?

— Un jour, je suis passé chez elle, et il me
narguait : « Pourquoi tu l'as jamais mise ? T'es
tout le temps fourré ici, pourquoi tu la fourres
pas, elle ? Ça t'énerve que moi je fasse ce qu'il
faut ? Ça t'énerve quand tu penses à comment
elle braille quand je la bourre ? J'aimerais vraiment que tu voies ça, je pense pas que t'imagines comment elle aime la queue. Pareil pour
la petite Stef, elle fait son intransigeante comme
ça, mais c'est à genoux qu'il faut la voir, je
t'assure… Pareil pour toutes, en fait. » Et je
l'ai massacré, la putain de sa race, je lui ai
bouffé la gueule. Je l'ai laissé par terre, inerte,
mais avant je l'ai prévenu que s'il ne se trissait
pas je revenais pour l'achever. Alors elle m'a
fait une scène du tonnerre, elle prétendait que

je ne comprenais rien, que je ne savais pas ce qui se passait entre eux, et que je n'avais pas le droit de faire ça. Et elle ne voulait même pas me croire pour Stef, elle ne voulait rien entendre, pas savoir qu'il avait déjà fait ça ni ce qu'il disait d'elles. Elle m'a dit de dégager, qu'elle ne voulait plus me voir... Quelques jours plus tard, il est parti de chez elle, et je ne sais pas ce qu'il a fait, mais elle l'a fait rechercher de tous côtés. Elle ne veut plus me parler, mais j'ai fait ce que j'avais à faire, tu comprends ?

J'ai fait signe de la tête que je comprenais. Le moment me semblait peu propice à la nuance dialectique. Il a repris :

— Elle est devenue dingue... L'autre connasse qui est venue à L'Arcade faire la mariolle, y a deux semaines elle aurait chié dans son froc rien qu'à traverser une rue du quartier. Et elle laisse faire... Et ils viennent faire un carton à L'Endo, et elle disparaît... Stef et Lola travaillaient pour elle, elle n'a rien fait pour retrouver qui les avait...

Je n'ai rien dit. Et je ne vois toujours pas ce que j'aurais pu dire. Ça m'avait demandé un effort colossal d'écouter et de comprendre au mieux avec tous ces grammes qui m'embrouillaient les sangs. J'avais grandement envie de dormir.

Mais Saïd s'est redressé, et comme si on était vraiment à la bourre il a dit :

— Faut que t'y ailles et faut que je rentre, Laure supporte pas que je rentre si tard.

14 h 45

— Quoi, tu connais pas Sean Penn ?

J'étais passée chercher Mireille à la fin de son service au bar, je l'écoutais suffisamment pour faire les relances : « Si, mais j'en ai rien à foutre », mais je n'y mettais pas toute mon attention. Elle connaissait un tas de choses inintéressantes qui l'animaient vivement, parlait bien trop pour que je retienne le tout. Traîner avec elle, c'était un peu comme vivre la radio constamment allumée : l'esprit s'en accommodait, faisait ses petites affaires dans son coin et se raccrochait à elle sur le mode alternatif.

Ce matin-là, je m'étais réveillée en dièse sur la glauquerie, dos trempé de sueur, cœur lancé à cent à l'heure. Persistant sentiment que des

choses terribles s'étaient passées, que ça ne faisait que commencer.

Mireille débitait :

— ... trop imparable, comme dans *Outrages*,
il met mal à l'aise tellement il affole, tu l'as pas
vu ce film ? Ils le projetaient au cinéma de l'Im-
passe la semaine où je suis arrivée à Lyon, t'y es
pas allée ?

Elle ne prenait pas la peine d'attendre que je
réponde, elle marchait à vive allure, vitaminée et
volubile, sa poitrine – si menue soit-elle – pogo-
tait gaiement sous son pull noir à col en V, il
faisait un soleil blanc, un grand soleil d'hiver. Et
je sentais la chose me tordre de la gorge jusqu'au
milieu du ventre, qui me donnait envie de déglutir, mais déglutir ne servait à rien, ruban d'anxiété,
j'aurais voulu le faire passer à coups de tête contre
les murs, démolir quelque chose, l'ôter de là.

Mireille avait parlé sans pause depuis la place
Bellecour et nous arrivions vers Terreaux, ne se
taisait toujours pas :

— ... De Palma, méconnaissable, c'est l'histoire
de Carlito, un type qui dérape ; lui, c'est l'avocat
et...

J'en ai déduit qu'elle avait fait un tour à la
pharmacie avant d'aller travailler. La codéine la
rendait causante.

Cinq jours que l'on se connaissait. J'avais pourtant l'impression qu'on s'était fait chier au monde dans le même berceau, et que depuis on ne s'était jamais lâchées d'une semelle.

Nous avions passé tout le dimanche ensemble et, comme dans le début de certaines histoires, c'était suffisamment peu pour qu'on se sente inséparables.

Elle n'était pas à toute épreuve pour moi, rien d'idéal chez elle. Multitudes de détails agaçants, écœurants, de sales choses entrevues en si peu de temps. Et même ses sales manières, sa glaciale et mesquine connaissance des sciences mondaines, toute en compliments et demi-mots, petits faux bonds de protection, même les sales choses me semblaient touchantes et familières.

On avait à peu près la même taille, je trouvais qu'on avait de l'allure quand je croisais nos reflets dans la vitrine.

J'avais jusqu'alors instinctivement évité l'intimité trop rapprochée avec des filles. Je les soupçonnais de savoir des choses que je ne pourrais apprendre nulle part, ni lire, ni entendre, des choses qu'elles cacheraient soigneusement, juste pour me tendre des pièges, et qu'un jour je ferais la mauvaise réflexion, elles me regarderaient avec de grands yeux moqueurs et ébahis, leurs sales yeux démasqueurs et qu'elles comprendraient, les garces.

Le dimanche, j'avais fini par lui demander :
— En fait, tu cherches Victor ?
Elle en était convenue, sur le ton de l'évidence :
— Bien sûr…
— Pas que pour récupérer ta tune ?
— Évite le sujet s'il te plaît.
C'était le genre de copine qui opposait quelques résistances aux grands débraillements.
Mais à partir de ce moment, elle avait abruptement cessé de jouer à la séduction avec moi. Ses petites manies de provocante, ses réflexions pires qu'ambiguës.

Mireille se taisait ; toute la rue Terme, elle a marché en silence, regardant le sol en se mordillant la lèvre, j'ai fini par m'inquiéter :
— Tu penses plus à voix haute ?
Elle a tourné la tête vers moi, question ton cassant.
— Tu me trouves pipelette ?
— T'es généreuse du mot quoi. Alors forcément quand tu te tais…
— Moi j'ai des choses à dire ; si t'en avais à répondre, je ferais moins dans le monologue.

J'avais qu'à prendre ça dans la gueule et à l'avenir éviter d'insinuer qu'elle parlait beaucoup. J'en apprenais chaque jour davantage sur comment me tenir avec elle, on avait beau faire dans l'osmose spontanée, il fallait le temps de s'habituer.

Je n'ai donc rien ajouté. Et jusqu'aux escaliers qui montaient rue Burdeau elle s'est tue. Elle a protesté quand j'ai voulu les monter, tout à fait rédhibitoire :

— Je prends pas ces escaliers, moi. On a l'air de rien du tout quand on essaie de les grimper, ils sont pas assez hauts, ils sont trop espacés... Viens, on va tout droit, ça fait pas un grand détour.

Et elle s'est remise en marche :

— Quand j'attends le bus en face, ça me fait toujours hurler de rire de regarder les gens qui les prennent, rien que des canards, très drôle... Alors je les prends jamais.

Ils étaient stupides ces escaliers, ils ne convenaient à aucune jambe. C'étaient des escaliers plats, qui ne permettaient ni de marcher normalement ni de les monter normalement.

Et jusque la rue Pierre-Blanc elle a trouvé des choses à dire sur ces drôles d'escaliers.

15 h 15

— Tu crois qu'il est où ?

— Qui ça ?

— Victor, je me demande ce qu'il fout...

Coudes grands écartés, Mireille, affalée, se regardait dans le miroir derrière le comptoir.

— Tu crois qu'il est encore sur la ville ?

Elle ne m'écoutait plus, fouillait toutes ses poches à la recherche de son briquet, très sérieusement m'a annoncé :

— Stef et Lola, je pense que c'est Saïd.

— Pourquoi pas...

— Sérieusement... T'y as pas encore pensé ?

— Sérieusement, non.

— Ça tombe sous le sens, avec les éléments qu'on a...

Je me méfiais des théories de Mireille, parce qu'elle prenait ses libertés avec les choses de la réalité. J'étais bien placée pour reconnaître une affabulatrice lorsque j'en croisais une.

Sonia est entrée, elle a balancé ses affaires sur le tabouret à côté du mien en répétant : « Pipi, pipi », et elle est allée aux chiottes directement, en faisant signe qu'elle s'occuperait de dire bonjour plus tard.

Elle portait un pull court, un rien trop serré, qui lui comprimait les seins, qu'elle avait définitivement gros, je trouvais ça très élégant.

Mireille cogitait :

— Il est juste assez taré pour ça… Il a le truc, je le sens, quelque chose de très romantique, mais tout à fait désespéré… Tu ne trouves pas ?

— Et le mobile ?

— On n'arrache pas la peau des victimes quand on a un mobile, réfléchis ; quand on fait comme ça, c'est qu'on a un problème. Et il a un problème. T'es d'accord ?

— Pas convaincue pour autant.

— Une intuition. On va s'asseoir ?

Le vendeur de fleurs à la pièce a fait un passage, il portait une veste de clown à carreaux verts, a fait le tour des tables et partout les gens ont évité son regard en faisant signe que ça ne les intéressait pas.

Sont arrivées Roberta et Cathy, qui étaient devenues drôlement copines depuis que plus rien n'allait.

Mireille a commenté en les regardant s'approcher :

— Parfait, on va faire une belle table de pintades…

Elles avaient l'air l'une comme l'autre un peu remises de leurs émotions. S'étaient faites toutes pimpantes, la gueule savamment ravalée et le cheveu brillant. Comme on n'avait pas exactement un tas de choses à se dire j'ai fait remarquer :

— Vous êtes jolies, les filles, ça a l'air d'aller.

Et elles ont gloussé en se regardant, Mireille a continué à être désagréable :

— Vous vous êtes prêté vos godes, on dirait.

Elles se sont assises sans relever, Roberta a posé son courrier devant elle, en expliquant :

— On a regardé des films toute la nuit, on vient juste de se lever, on n'est même pas encore sorties.

Ce qu'il y a de pratique quand les gens ont vraiment des vies de cons, c'est qu'un rien suffit à les distraire.

Elle a déchiré la première enveloppe de son courrier, c'était une facture EDF et on a eu droit à un speech assez long sur son compteur qu'elle ne pouvait pas bloquer parce qu'il était sur le palier.

J'ai soupiré :

— T'as vraiment l'air d'aller mieux, Roberta…

Sonia n'arrêtait pas de secouer sa cigarette au-dessus du cendrier, les yeux rivés sur la rue, elle n'écoutait pas ce qu'on disait.

Roberta a déchiré sa deuxième enveloppe, Sonia s'est emportée :

— La putain de lui, il me file rencard à 15 heures, il me tanne pour que j'y sois parce qu'il a pas le temps de m'attendre et lui il est pas à l'heure, je vais pas rester là à prendre racine tout l'après-midi, moi…

Mais elle s'est arrêtée toute seule, on regardait toutes Roberta, qui avait changé de couleur. Elle tenait des photos dans sa main, sans bouger, et Cathy s'est penchée sur elle pour voir, à cause de sa drôle de tête et a eu cette étrange réaction, très radicale : elle a tourné la tête et a vomi sur le côté, une petite gorgée brune, plus sonore que salissante.

Roberta n'a même pas tourné la tête vers elle, elle a posé les photos à plat sur la table et a eu elle aussi une étrange réaction, un petit rire nerveux.

Mireille, Sonia et moi, nous nous sommes avancées pour regarder.

Pas les mêmes photos que celles que j'avais vues dans le bureau de la Reine-Mère, mais bien les mêmes sujets. Une de chaque. Il a fallu à Mireille et à Sonia un tout petit peu plus de temps qu'à moi pour comprendre de quoi il s'agissait, un temps de décalage dont je me souvenais bien, pour réaliser quoi était quoi et à qui ça appartenait. Roberta nous a fait passer le mot qui accompagnait ça, lettres de traitement de texte, très élégantes, penchées sur la droite et des fioritures plein les majuscules...

« *Regarde bien ce qui arrive aux petites putains dans ton genre, tu ne perds rien pour attendre : j'ai bien noté ton nom sur ma liste... À bientôt.* »

Sonia s'est emparée de l'enveloppe où figurait l'adresse complète de Roberta.

Saïd et Mathieu sont arrivés, mains dans les poches, hilares comme après un bon échange de blagues pas fines. Mathieu a ôté sa veste et l'a posée sur le dossier de la chaise de Cathy, très détendu. Sonia a fait remarquer :

— Vous avez l'air de types satisfaits de votre journée ?

— On n'a pas à se plaindre de l'après-midi...

Elle a désigné les photos sur la table :

— Je crois qu'on a de quoi vous calmer…

— Méfie-toi, tu marches dans du vomi…

J'ai fait remarquer ça parce que c'était vrai,
c'était pourtant une petite flaque, mais il se
tenait pile dedans.

16 h 00

— J'aimerais bien qu'il se pointe, je lui cracherais à la gueule, sans un mot… Je veux plus entendre parler de lui.

Ça lui était venu, soubresaut inattendu, en plein milieu d'une autre conversation, une petite pensée formulée à l'égard de Victor.

— En fait vous étiez ensemble à Paris ?

— T'as quelqu'un à renseigner ?

On était toutes les deux dans sa minuscule cuisine blanche, elle avait posé un couteau à rougir sur la plaque électrique, pour découper un bloc de biz. Volets fermés, pour que personne ne voie. Mais même lorsqu'elle ne faisait rien de suspect, elle laissait les volets fermés. Son appartement était situé au rez-de-chaussée et n'importe qui de la rue pouvait s'arrêter et regarder ce qui se passait chez elle.

Elle s'est frotté le nez comme s'il la chatouillait, est revenue à la conversation précédente, son sujet de prédilection du moment :

— Il peut se passer plein de choses dans le crâne d'un type qui ne se défonce jamais, ne trompe jamais sa copine, qui ne déconne sur rien du tout. Le jour où ça cède, ça peut faire du chaos…

Mireille s'est levée, a vérifié que le couteau était assez chaud. Puis elle a tiré un torchon propre d'un tiroir pour appuyer sur la lame en découpant. Elle s'était mis en tête de me convaincre de ce que Saïd était un coupable adéquat. C'était surtout un bon prétexte pour pouvoir parler de lui. Il y avait quelque chose chez ce garçon qui l'attirait, la dérangeait.

Je me sentais un peu lasse d'entendre ressasser du Saïd sans interruption, j'ai fait remarquer :

— On chauffe le biz, Mireille, pas le couteau.

J'ai rempli nos verres de porto trop sucré qu'elle achetait à trente balles chez le rebeu en bas de chez elle.

Mireille portait toujours les cheveux tirés en arrière en chignon, ça lui donnait l'air sage et le cou très délicat. Elle a rassemblé les miettes de shit dans du papier alu et me l'a tendu pour que je roule un biz. Elle a commencé à peser ses parts sur une petite balance, avec des poids minuscules et dorés. On aurait dit qu'elle jouait à la marchande.

Ça a frappé aux volets, je suis allée ouvrir à Julien. Il avait prévenu qu'il passerait choper sa part de biz, Mireille pratiquait des tarifs défiant toute concurrence. Les volets montaient et descendaient tout seuls, il suffisait d'appuyer sur un bouton sur le côté. Mais ils faisaient ça très lentement, fastidieux lever de rideau.

Il a attendu qu'ils soient complètement refermés pour demander :

— Vous savez, pour L'Arcade ?

Tout en faisant un sourire de brave, mais le regard se barrait en couille :

— Ils sont passés tout à l'heure... Tout brûler. Les pompiers viennent de partir. J'en viens, là.

Mireille a suspendu un geste en plein mouvement, écarquillé les yeux, émoustillée :

— T'y étais, toi ?

— Ouais, il y avait Saïd, moi, Guillaume, Mathieu, Sonia... On y était tous.

— Les mêmes que l'autre soir ?

— Ils se ressemblent tous, j'en sais rien... Mais y avait pas de chef, que du sous-fifre... Ils ont fait ça calmement, ils étaient bien mis, organisés. Rien à redire : très professionnels.

— Y avait des gens dedans ?

— Non, ils ont fait sortir tout le monde. Sorti les bidons, lâché l'allumette, remonté en voiture, disparu.

— Mais les flics font jamais rien chez vous ?

— D'après Sonia qui le tient d'un client à elle, les flics interviendront une fois que les gens de chez Cheung auront fait le gros du ménage. Le feu vert viendrait justement d'en haut... Y a des éléments qui nous manquent pour bien savoir ce qui se passe... Mais faut croire que tout le monde s'est mis d'accord parce que les flics qui sont passés n'avaient l'air ni ennuyés ni surpris. En ce qui les concerne, tout a l'air de se passer comme il faut...

— Mais vous n'avez pas essayé de vous défendre ?

Je n'avais rien dit depuis l'arrivée de Julien, je me suis manifestée un peu agressivement :

— Qu'est-ce que tu veux qu'on défende ? Y a rien à nous là-dedans, c'est tout à la Reine-Mère et on l'a pas vue depuis trois jours... Qu'est-ce que tu veux qu'on s'emmerde à défendre un putain de bar qui ne nous appartient pas ?

Julien a surenchéri :

— De toute façon, je vois pas ce qu'on ferait pour... Putain, y avait pas match : ces types nous enterrent trop largement.... T'aurais dû voir ça...

Mireille a recommencé à couper son biz :

— C'est les nouveaux patrons, quoi… Fallait leur dire que c'était si facile de s'installer chez vous.

Sur le ton méprisant des femmes qui se plaignent de ce que Chéri ne gagne pas suffisamment quand c'est pas elles qui bossent.

Je m'empêtrais en silence, de plus en plus loin dedans. Inextricable. J'avais la tête plongée sous l'eau, pleine d'appréhension sans nom, choses me frôlant que je sentais sans pouvoir les voir, concentrée sur la boule d'angoisse, et je suais par litres lorsqu'elle se déplaçait.

Légitime déroute, rien que les prémices d'une petite Armageddon.

17 h 00

C'était à quelques pas, comme tous les endroits où on avait à se rendre. Trois escaliers à monter, deux rues à traverser. Le temps pour Julien de rouler un biz pour la route et nous sommes sortis.

On allait chez Mathieu. Julien habitait chez lui depuis plusieurs jours.

Mireille devait venir avec nous, on était déjà sur le trottoir lorsque son téléphone a sonné, elle est restée quelques minutes à l'intérieur, puis est revenue nous prévenir qu'elle attendait quelqu'un, qu'elle nous verrait plus tard.

En chemin, le décor me faisait comme dans les vieux films projetés sur un écran tendu derrière les personnages. Les maisons inquiétantes et tordues faisaient partie d'un tournage précédent, antérieur, auquel je n'avais pas assisté. On avançait doucement et la voix de Julien résonnait, étonnamment loin.

Rue Pierre-Blanc, tout le début de la rue était parfaitement normal. Ça m'a rappelé les jambes des filles sur les photos, intactes. J'avais remonté cette rue des centaines de fois, elle n'avait pas bougé, et il était difficile d'admettre que quoi que ce soit de surprenant s'y était passé.

On est restés devant un long moment, mains dans les poches, plantés dans le froid sans rien trouver à se dire.

L'enseigne léchée de carbone, détachée, pendouillante, les entrées de chaque côté, le sol couvert de gravats. En si peu de temps, tant de dégâts. Les vitres avaient explosé, on voyait l'intérieur, les banquettes calcinées, le bar noir affaissé.

J'ai fini par dire :

— C'est pas joli à voir.

Julien a repris un peu de poil de la bête, persiflant :

— Et la fête n'est même pas finie…

Il a haussé les épaules, tourné le dos à ce qui restait de L'Arcade, prêt à lever le camp. Il a remarqué :

— D'ici à quelques mois, la plupart d'entre nous travailleront pour eux… On aura oublié tout ça. C'est le côté pénible des vainqueurs, toujours un peu arrogants quand ils débarquent…

De la fenêtre en face Guillaume a sifflé, on a levé la tête tous les deux en même temps. Il a hurlé :

— Ramenez des clopes avant de monter.

Il restait ces choses normales, au milieu des décombres. Ces gestes habituels, réflexions anodines. La vie qui continuait, prenait ces drôles de routes, mais finalement restait la même. Et on a refait le chemin en sens inverse, pour aller jusqu'au bureau de tabac.

Une voiture a ralenti derrière nous, j'ai senti mon ventre se serrer, puis tout qui remontait simultanément, j'étais remplie de trouille bien prête à éclater.

Je m'étais sentie chez moi dans cette rue, pendant des années, et il suffisait d'une semaine pour que ça devienne terrain ennemi, suspicions, trouillardises, sursauts au moindre bruit qui me venait du dos.

Soulagement en reconnaissant Laure, qui s'est arrêtée à notre niveau, a baissé sa vitre. Et puisque la vie continuait, c'est Julien qui s'est penché vers elle, tout sourire :

— Mademoiselle ?

— Je cherche Saïd, vous ne savez pas où il est par hasard ?

— Pas vu, pas pris... Non, moi je sais pas, tu sais, toi, Louise ?

Je me suis penchée aussi, je lui ai trouvé le sourire inexpressif, une pauvre tête elle aussi, une tête de circonstance, j'ai dit :

— Il est peut-être chez Mathieu, je crois qu'il y a du monde là-haut. Tu veux monter voir avec nous ?

— Non, non...

J'ai proposé :

— Tu veux qu'on lui dise de t'appeler s'il y est ?

— S'il te plaît, oui, dis-lui que c'est important.

Elle parlait plus doucement encore qu'à son habitude, évitait de me regarder, recroquevillée sur son siège. J'ai mis ça sur le compte de notre dernière entrevue, lorsqu'elle était venue en chemise de nuit rechercher Saïd à L'Arcade, j'ai promis :

— Je t'appelle de toute façon, tu rentres chez toi maintenant ?

Mais je savais très bien que j'oublierais de le faire. Elle ne s'en doutait pas, m'a expliqué :

— Je rentre tout de suite, je te remercie beaucoup. Je viens de passer devant le bar, qu'est-ce qui s'est passé ?

Julien est intervenu :

— Fin d'époque, pas de quoi en faire un drame.

Il frimait faux, en rajoutait sur l'indolence.

Le chien, derrière, s'est mis à tourner en rond en gémissant, faisant trembler la voiture et Laure a redémarré. Ses yeux dépassaient à peine du volant.

Et, à partir de ce jour, les rues prirent une autre dimension, rajout de taches sombres sur tout le quartier. Couvercle posé là, les maisons bien trop hautes, manque d'air, odeurs trop fortes malgré l'hiver, des odeurs écœurantes, âcres. Tout devenait menaçant, sale et humide, les allées obscurcies. Mauvais silence alentour, une abominable tranquillité sournoise qui ne durerait pas.

22 h 00

Passé toute la soirée chez Mathieu. Appartement de garçon bricoleur, des étagères partout et des meubles construits le dimanche après-midi. Beaucoup à boire, conversations en mosaïque, embrouillocentriques…

Les garçons s'excitaient entre eux, parlaient de choc de retour et de défendre leur place. Sonia était de la partie. Moi, je ne voyais pas bien quoi faire.

Je me suis assise à côté de Guillaume, j'ai collé mon épaule contre la sienne, il tenait sa bière à la main, ne la portait jamais à sa bouche.

Puis il a dit :

— C'est trop l'enfer ici en ce moment, insupportable.

J'ai acquiescé, commenté :

— Putain ! ce que ça va vite… Suffit de peu de chose, trois grains de sable et c'est l'émeute.

Temps mort, on a bu en silence, yeux rivés sur les autres qui s'excitaient les uns les autres. J'ai prédit :

— C'est plein de soldats potentiels ici, on va se faire une petite guerre civile. Mais, toi, tu vas pas te battre, tu vas rester tranquille, non ?

Il a secoué la tête, rire morne :

— Aucune chance. On va partir avec Mathieu, il a un plan pour la Nouvelle-Zélande, il vient de se décider et il m'a proposé d'y aller avec lui. On se barre dès que nos papiers sont prêts. Faut que je me tire, je ferai pas un mois de plus dans ce quartier.

J'ai approuvé, dit quelque chose comme :

— Tu vas voir un tas de matchs de rugby, faudra penser à me raconter.

Rideau d'angoisse lourde, abattu d'un coup. Je n'avais jamais pensé à ça, qu'on n'était pas ensemble pour la vie. Et je n'ai rien dit parce qu'il n'y avait rien à dire.

Je sentais l'endroit où mon épaule touchait la sienne, et je n'avais rien à dire.

De tout ce qui s'est passé cet hiver-là, et je n'avais pas fini ma série, ça a dû être le shoot le plus radical de tous. Décrochage impalpable.

Je me suis levée pour prendre un verre, j'ai entendu Sonia débiter d'un ton tranchant :

— Tu parles pas de la Reine-Mère comme ça, elle t'a nourri trop longtemps, connard... Faut pas l'attendre, faut leur rentrer dedans, aucune raison pour que ça soit si facile que ça pour eux. Faut qu'on brûle tout ce qu'ils ont, on n'a pas besoin de la Reine-Mère pour balancer trois bidons d'essence dans leurs putains de boîtes pourries avec les filles dedans.

Me suis souvenue d'elle, qui préparait sa reconversion avec quelques jours d'avance... Bla-bla de défense, que j'avais confondu avec une détermination farouche. Sonia était la moins apte d'entre nous à admettre ce qui arrivait, accepter qu'il était déjà trop tard pour réagir.

Julien argumentait :

— On va pas se mettre en place dans les temps, on a toujours fait les choses ordonnées en haut lieu, on peut bien faire un ou deux morts chez eux, mais pas résister au sens propre.

Sonia cognait la table du poing, se penchait sur lui, haineuse et résolue :

— Que tu sois une putain de tapette, ça regarde que toi, mais moi je leur laisserai pas ça.

Et a claqué son pouce contre ses dents du haut. Elle faisait des adeptes, pas mal de snipers potentiels s'échauffant autour d'elle.

J'avais rempli mon verre de whisky à ras bord, comme ça je n'aurais pas à me relever toutes les cinq minutes. J'écoutais ce qui se racontait, ça ne me semblait plus si crucial. Je suis retournée m'asseoir à côté de Guillaume, vraiment près de lui. Lui non plus ne disait rien, gardait la tête penchée sur sa bière qu'il ne buvait toujours pas.

Mon verre était long à boire.

Guillaume s'est levé :

— Moi, je rentre, tu viens ?

J'ai suivi son mouvement.

Ce truc aisé entre nous, cette évidence à force, je la sentais comme jamais, savoir que c'était fini. J'ai serré la main de tout le monde, et chacun m'a dit un truc particulier, mais j'étais soûle et assommée et je n'ai rien entendu, bredouillé quelques trucs. Julien a dit un truc que Guillaume a trouvé drôle, je l'attendais main sur la poignée. Je l'ai regardé de loin, renverser la tête et exploser de rire, comment sa bouche savait s'ouvrir, l'expression bien radieuse.

Arrivés dehors, Guillaume m'a demandé :

— Ça te fait chier que je parte ?

Et j'ai répondu non, le plus naturellement du monde.

— Pourquoi voudrais-tu que ça me fasse chier ?

MERCREDI 13 DÉCEMBRE

9 h 00

Je m'étais réveillée tôt, nuit sans rêve apparent. Je me passais la langue dans les crevasses des dents cariées.

J'attendais que Guillaume se réveille.

Il a été réveillé par les voisins, je les entendais du salon.

La fille sanglotait, beuglait littéralement, et quand elle réussissait à articuler quelque chose, elle suppliait :

— Je t'en supplie, ne pars pas, je t'en supplie.

On devait les entendre jusqu'au dernier étage.

Lui ne répondait rien, il claquait des portes de placards, faisait du mouvement. Elle s'énervait, changeait de voix sans perdre en volume :

— Mais qu'est-ce que je peux te dire pour que tu comprennes ?

— T'as qu'à rien dire.

— Je veux pas que tu partes.

Beaucoup d'émotion, ça traversait les murs.

Entendu la porte de la chambre de Guillaume s'ouvrir, il est arrivé dans le salon, grand sourire, s'est assis sur la banquette :

— Tu crois qu'elle a été assez conne pour lui dire, ou bien c'est lui qui les a surpris ?

— Pas d'idée.

— Il le prend pas bien… Moi, je vais faire du café.

Il s'est relevé aussitôt, a ajouté :

— Ce que je suis content de pas être à leur place.

Secoué la tête en se tapant sur le ventre avec le plat de la main, a insisté en s'éloignant :

— C'est des réveils comme ça qui te font comprendre comme c'est bien d'être célibataire.

La fille a vociféré :

— Tu ne peux pas me laisser, tu ne peux pas partir.

Puis gémissement sonore :

— Je t'en supplie.

En laissant traîner la finale, longtemps, gorge serrée par la douleur. Mélodieuse et convaincante.

J'entendais ça, rivée au siège, j'ai porté ma main à ma propre gorge, pliée dedans, concassée.

De la cuisine Guillaume a protesté à travers la cloison :

— Balance-la sous l'eau froide, faut la calmer maintenant.

Ça a jeté un froid à côté, plus un bruit pendant un moment.

Guillaume est revenu les deux bols à la main, enjoué :

— Je suis de son côté à lui, moi, solidarité masculine… T'es dans son camp à elle, toi ?

Je me suis gratté la joue, je ne savais pas quoi dire, il est allé monter le volume de la chaîne :

— On va écouter Bob parce que, eux, ils vont finir par nous fatiguer à la longue.

Il est revenu s'asseoir à côté de moi, je me suis penchée pour saisir mon bol.

Tu ne peux pas me laisser.

En attendant que son café refroidisse, Guillaume a attrapé sa guitare, fait sonner les harmoniques en regardant le mur.

Je t'en supplie.

Chacun de ses gestes, par cœur, besoin.

Je t'en supplie.

L'idée de me réveiller seule, d'être seule dans cet endroit, coup d'œil circulaire, les choses qu'il allait emmener, qui allaient manquer.

Je t'en supplie.

Bien qu'il ait monté le son, on a entendu la porte à côté claquer, cri simultané.

Guillaume a reposé sa guitare, soupiré :

— On a pas des vies faciles…

Et il s'est mis à énumérer toutes les choses qu'il avait à faire, pour pouvoir partir au plus tôt et ce qu'ils comptaient faire là-bas. J'écoutais en regardant les stores, je posais des questions de temps à autre. Il a fini par redemander :

— T'es sûre que ça te fait pas chier de rester toute seule, toi ?

— Je suis pas une gamine, ça va le faire.

13 h 00

J'ai téléphoné au bar où travaillait Mireille pour lui demander si elle finissait bien comme d'habitude, et prévenir que je passerais la chercher.

Mais le patron m'a répondu qu'elle était malade, qu'elle ne travaillait pas.

J'ai appelé chez elle et comme ça sonnait occupé, je suis partie à pied pour la rejoindre.

Chez Mireille, les volets étaient baissés, j'ai frappé à la porte-fenêtre, à présent je me demandais quand même ce qu'elle avait foutu la veille, qui elle devait attendre.

Les volets se sont soulevés, doucement, lorsqu'ils me sont arrivés à hauteur des cuisses, je me suis penchée pour me glisser à l'intérieur, parce que ça prenait un temps fou d'attendre qu'ils soient relevés.

Je me suis redressée de l'autre côté, mais ne me suis pas retrouvée face à Mireille. Mouvement de recul, l'anxiété m'actionnait les muscles bien plus vite que les informations ne se transféraient à mon cerveau.

Mon haut-le-corps a fait sourire l'homme qui se tenait face à moi :

— Pas lieu d'avoir peur, on ne se connaît pas encore assez pour que je sois violent.

Les volets se rabaissaient, il avait d'excellentes notions de nonchalance railleuse lorsqu'il parlait :

— Tu es Louise, je suppose ?

— Je passais voir Mireille, mais je peux très bien…

— L'attendre ici, elle revient tout de suite, juste une course en bas. Enchanté, je suis Victor.

Déclic des volets revenus au sol, main tendue. Le premier truc en tête quand je l'ai vu ça a été : « Pas mal », puis : « Je comprends mieux », quand il a dit son nom. Pris sa main dans la mienne, paume chaude, j'ai précisé :

— On m'a beaucoup parlé de vous.

Grimace satisfaite, enjouée :

— En mal, j'espère…

— C'est plus complexe que ça. Mireille rentre bientôt ?

212

— Elle arrive, assieds-toi, elle sera contente de te voir. Elle m'a parlé de toi hier, rien de complexe, que du dithyrambique. Je préparais un café, tu en veux ?

Calme, la voix coulait comme une mélodie, engourdissante. Je me suis assise en pensant que je ferais mieux de déguerpir :

— Elle est partie où ?

Incommodée, lieu clos avec un garçon inconnu. De surcroît, un lieu clos mal éclairé. Captive et contrariée, petite asphyxie, tenace. Ça ne m'était pourtant jamais arrivé, que quiconque se jette sur moi sans signe préalable, mais je restais sur mes gardes, assise tout au bord de la banquette, mains crispées de chaque côté, toute prête à la détente. Et je ne pensais qu'à ça, attentive et tendue. Ce que ça avait d'improbable ne m'apaisait en rien, c'était mon sentiment habituel en pareille occasion. Il m'était tout à fait familier, et tout à fait désagréable. J'attendais Mireille avec une impatience fébrile.

Mais je lui ai été reconnaissante de rester à distance respectueuse pour me tendre ma tasse de café, puis de prendre place dans le fauteuil le plus éloigné de moi, de ne pas trop me regarder et de ne me parler que de Mireille :

— Elle m'a dit qu'elle t'en avait raconté de bien bonnes sur mon compte, j'espère que tu me donneras l'occasion de te donner ma version des faits...

— Je ne m'occupe pas de ça, ça ne me regarde pas.

Et Mireille est arrivée. Si elle n'a pas eu l'air très contente de me voir, elle a au moins été très surprise de me trouver là.

Victor s'est déployé, l'a accueillie comme ça se fait dans les couples fraîchement constitués ou dans ceux chez qui ça va mal, avec une ardeur un peu appuyée. Il a déplié les journaux qu'elle avait rapportés pour lui, très satisfait, nous a laissées en tête à tête :

— Je vais prendre un bain. Louise, tu vas manger avec nous ?

J'ai accepté de rester, parce que je ne voyais pas où j'irais et que je n'avais pas envie de rentrer chez moi. Quand j'étais partie, la voisine pleurnichait, seule, cassait des choses, puis larmoyait, geignait.

Mireille avait acheté de quoi manger comme des rois, et du whisky de marque. Elle a sorti de quoi faire un spliff, avant même de ranger ses courses.

Ça prenait dix minutes, et j'étais de nouveau bien chez elle, avec elle.

Il est resté presque une heure dans la salle de bains, parce qu'il lisait tout ce qu'elle avait rapporté. Elle était radieuse, je pouvais bien en penser ce que je voulais, ça mettait un coup de brillance aux filles, quand les garçons s'occupaient d'elles.

Elle a eu le temps de me prévenir, à voix basse, très sérieuse :

— Il ne faut le dire à personne.

Et de me faire jurer, à maintes reprises, de tenir ma langue. Avant de conclure :

— De toute façon, je te fais confiance, je t'avais décrite à Victor et je lui avais dit de t'ouvrir si tu passais en mon absence. Parce que je sais que je peux compter sur toi.

11 h 45

Il faisait beau ce matin-là.

La veille, j'étais restée toute la journée chez Mireille. Comme un jour de vacances. Victor était un fou furieux de la parole, il pouvait captiver des heures durant. C'était un garçon doux et drôle, difficile de faire le lien entre sa réputation et lui.

Rendait Mireille toute chose, et il n'arrêtait pas de tourner autour d'elle, sans la toucher, faisait sans cesse attention à elle. Les heures s'étaient enfilées d'une traite, jusqu'à la nuit tombée, et j'étais rentrée chez moi en titubant.

En chemin, j'avais repensé à l'avertissement de la Reine-Mère, qui ne voulait pas que je parle à Victor, qui me demandait de la prévenir si je le croisais. Ça m'avait fait sourire, ce n'était jamais qu'un garçon, pas de quoi en faire un mythe.

La voisine a fait savoir qu'elle était réveillée. Hurlait, apparemment laissée seule. Cognait, comme si elle cherchait à casser les murs. Se plaignait comme si on lui arrachait les ongles un par un, elle criait de douleur en répétant : « Je ne veux pas, je ne veux pas. » Litanie monocorde, entrecoupée de choses qu'on fracasse en les lançant au sol.

Le téléphone a sonné, Victor qui demandait :

— Je veux vraiment éviter de sortir en plein jour… Mireille a dû t'expliquer, enfin, au moins t'en parler… Je suis désolé de te déranger, mais elle m'a pas laissé de clopes ce matin, je suis fou, j'ai pas fumé depuis que je suis levé. Tu voudrais pas passer m'en apporter ?

Sa voix allait bien au téléphone, gagnait en graves :

— Tu peux même pas aller jusqu'au bureau de tabac ?

— Je vis comme un rat, je sors jamais. Ça va passer, j'attends un peu… Mais en plus là où elle habite, ça m'arrange pas trop de faire un tour. T'as autre chose à faire ?

— Ça m'emmerde un peu.

— Tu peux pas juste passer en glisser une sous les volets ? Je deviens fou quand je fume pas… Et Mireille ne rentre pas avant 3 heures cet après-midi. Putain, j'ai l'impression d'être un handicapé, ça me pèse de te demander ça… Mais je peux appeler personne d'autre.

Et je l'avais trouvé vraiment cool la veille, à croire qu'il faisait attention lui aussi à ne pas m'approcher à moins d'un mètre. Et n'avait d'yeux que pour Mireille. Cordial avec moi, vraiment. Tout sauf ambigu, à aucun moment.

L'argument des clopes, je ne pouvais que comprendre.

J'ai donc exceptionnellement dérogé au « Ne pas se retrouver dans un lieu clos seule avec un garçon ».

J'ai dit :

— O.K., je passe dans moins d'un quart d'heure. Mais je ne m'arrêterai pas, je te glisse un paquet sous les volets et je me trisse, j'ai plein de choses à faire.

12 h 30

J'ai frappé aux volets devant chez Mireille, ils se sont soulevés presque aussitôt. Je me suis accroupie, ai fait glisser le paquet en disant :

— Je m'arrête pas, je suis trop en retard sur mon planning.

— T'étais déjà pressée hier, rentre, je roule fissa un tamien de remerciement.

Accroupi lui aussi, touchant et persuasif :

— Rentre, j'en ai marre d'être tout seul dans ma grotte.

On s'est relevés en même temps, volet grand ouvert :

— Qu'est-ce que j'ai qui t'inquiète à ce point ?

— Rien du tout, mais je croyais que tu devais éviter de te montrer en plein jour dans ce quartier ?

— Bien sûr, je risque ma peau en ce moment…
Tu rentres ? Cinq minutes…

Il avait de l'allure, avec les mains qui bougeaient bien, et je suis entrée parce que je ne trouvais aucune bonne raison pour refuser.

Juste une pointe d'appréhension, quand les volets se sont refermés derrière moi.

Personne t'a jamais sauté dessus, c'est juste qu'il en a marre d'être toujours seul, et que la journée d'hier s'est tellement bien passée, il ne voit pas pourquoi tu ne prends pas le temps de discuter tranquille et fumer un spliff avec lui, respire un peu, laisse-toi tranquille des fois, fais confiance, ça changera… Les gens ne pensent pas qu'à ça, c'est toi qui ne penses qu'à ça.

Je m'argumentais la tête, en boucle, pour chasser le nœud naissant.

Je l'ai suivi jusqu'au fond de l'appartement, au coin cuisine, sans bien écouter ce qu'il disait parce que c'était trop pour moi, loin de la sortie et volets clos. Je faisais un effort énorme avec lui, parce que je lui étais reconnaissante de me changer les idées, de parler d'autre chose que de ses emmerdes, authentiquement distrayant en une saison qui manquait cruellement de légèreté.

Je ne me suis approchée trop près qu'une seule fois.

Il était face à un placard et je suis passée derrière lui pour m'asseoir à la table de la cuisine, il s'est retourné, a fait un pas vers moi, j'ai reculé instinctivement.

M'a saisie aux épaules, poussée sur la table, une main sur ma bouche et de l'autre appuyé une lame contre la gorge, le couteau qu'il venait de sortir du placard, bien calé à l'angle que fait la gorge avec le menton, j'ai eu l'impression que ça tranchait, il a écarté mes jambes avec les siennes, j'ai cherché à mordre sa main, mais je n'attrapais rien parce que sa paume était bien plate et, collée fermement contre mes lèvres, m'empêchait de les ouvrir, il n'avait pas l'air de faire d'effort, il me maîtrisait sans peine et mes jambes battaient l'air, penché sur moi, souriant, il disait :

— Et maintenant, qu'est-ce que tu racontes ?

J'ai senti le truc céder dans moi, la peur saisissante me grimper le long des flancs, s'enrouler dedans et je l'ai repoussé avec toute la force tressée à la terreur, parce que je ne pouvais pas supporter qu'il soit contre moi, je me foutais de savoir s'il voulait se servir du couteau pour m'ôter de la peau, tout ce que je savais c'est que je le sentais trop près, et je ne supportais pas ça, s'il ne s'éloignait pas tout de suite j'allais

suffoquer à en crever, et j'ai réussi à me dégager.

Il m'a rattrapée, je n'avais jamais été en face
d'un homme qui cogne comme ça, et je n'avais
pas l'avantage de l'effet de surprise, j'en ai pris
un dans la joue, j'ai senti mes os se broyer et
un second pile au ventre, son poing bien serré
cognait avec rage et précision. Pliée en deux, je
suis tombée à la renverse.

Et il était sur moi, de nouveau, avait lâché
son couteau et me tenait par les cheveux, toujours souriant, pas paniqué, il ne doutait pas
une seule seconde de son avantage, j'ai ouvert
la bouche pour crier et en me tenant fermement
la tête il m'a tapée contre le sol :

— Faut pas faire de bruit… Dis-moi de quoi
t'as peur… doucement… qu'est-ce qui te fait
peur à ce point ?

J'ai encore relevé la tête pour le mordre et
mes mains se tordaient, se brisaient contre lui
et quels que soient les gestes que je faisais, quelle
que soit la force que j'y mettais, j'avais la sensation de l'effleurer, d'être parfaitement dérisoire, contenue, facilement contenue. Et plus je
me débattais, plus je le sentais lourd, et son
sourire allait s'élargissant :

— Tu te débats drôlement bien… tu sens ce
que ça me fait, quand je sens que tu veux pas

et que tu cherches à t'échapper, tu sens ce que ça me fait ?

Et je sentais bien qu'il bandait tellement dur que ça faisait comme s'il avait glissé un objet dans son pantalon.

Lutte paniquée, puis une de ses mains est descendue vers mon jean, pour défaire le bouton. Je rampais sur le sol, je crapahutais autant que je le pouvais, je ne gagnais que quelques centimètres et il était de plus en plus lourd sur moi, et je ne pouvais pas imaginer qu'il réussisse à descendre mon pantalon, le faire glisser jusqu'à mes chevilles, tirer sur mon slip, l'arracher d'un simple mouvement du poignet, m'écarter les cuisses avec les siennes.

Je me débattais tellement et le criblais de coups et je rampais dessous en essayant de lui échapper.

Il s'est aidé d'une main, coup de reins, rentré dedans et je n'ai même pas crié, j'étais tellement sûre que j'allais en mourir.

Second coup de reins, longtemps après le premier, même brusquerie, comme s'il venait chercher quelque chose au fond.

Je regardais les pieds de la table, emmêlés aux pieds des chaises, par terre un emballage de Toblerone traînait.

Tu le savais en venant, tu savais qu'il ne fallait pas venir ; alors qu'est-ce que t'es venue foutre là ?

Je me suis rendu compte que ça avait duré un long moment, avant qu'il ne soit dedans, parce que j'étais essoufflée comme d'avoir couru des kilomètres et mes membres douloureux à force d'avoir résisté, repoussé.

Résisté ? Repoussé ? Et il est où maintenant ? Dehors peut-être ?

Mouvements de va-et-vient, je sentais ma joue, douloureuse, et tout le dedans dégueulasse. Chaque bouffée d'air était chargée de son souffle.

Et entre tes jambes, tu le sens ? dedans, tu le sens bien ? Papier de verre, qui te déchire les tissus, tu le sens maintenant. Il ne fallait pas venir, et tu le savais.

Il se frayait une place dedans, creusait son trou, je le sentais m'écarter, frotter contre, lutter pour me déchirer, va-et-vient, tout doucement, jusqu'au fond, à chaque fois.

Ça n'avait rien d'une douleur terrible, c'était juste extrêmement désagréable, et je sentais distinctement qu'il dérangeait des choses dedans, qu'il me cassait parce qu'il n'y avait pas la place et celle qu'il prenait m'arrachait des choses à l'intérieur, des organes qui m'étaient certainement vitaux et qu'il endommageait, mutilait, coups de reins réguliers, me creusait, je n'opposais plus aucune résistance, je sentais que je pissais le sang et son truc dedans me brûlait, râpait et cognait.

Il se tenait un peu relevé, me fixait et je regardais de côté.

Il est venu bien au fond, s'est calé là et a arrêté de bouger, a demandé :

— Tu as peur ?

— Je m'emmerde, j'espère que tu as bientôt fini.

— T'es rudement serrée, c'est pas désagréable, mais t'es vraiment serrée… Tu te demandes si ensuite je vais te faire du mal ?

— À vrai dire, je m'en fous, j'attends que tu ressortes maintenant que tu y es.

— Moi, je veux que tu aimes ça.

Ça le faisait sourire et, de la même façon qu'il n'avait pas douté un instant qu'il pouvait me le faire de force, il ne doutait pas un instant qu'il pouvait réussir à me le faire aimer de force.

J'ai essayé de me dégager, encore une fois, et il m'a attrapée par les hanches, clouée au sol :

— Arrête avec ça ou je vais finir par te massacrer.

Mais ça n'avait plus tellement d'importance.

Des années que t'en fais toute une histoire. Finalement, ça n'a rien de si terrible, il est dedans maintenant ; mais qu'est-ce que tu t'imaginais, que ça allait te transpercer le cerveau ?

Je regardais de l'autre côté, le tapis mal nettoyé plein de brins de tabac et de miettes, mais quand on était debout ça ne se voyait pas.

C'est juste que t'es en train de te vider de tout ton sang, une hémorragie, tu sens en bas comme ça fait mal ? Fallait pas venir, c'est plus le moment de se plaindre. Et ça fait pas si mal.

Alors Victor a posé sa bouche sur la mienne, et j'ai senti sa langue dedans ma bouche, l'ai mordue de toutes mes forces, et j'ai senti son sang et sa main s'abattant sur ma tempe, il s'est dégagé et m'a frappée encore, je n'avais plus assez de force pour me battre, et j'ai vu qu'il souriait encore.

14 h 00

J'étais restée couchée, inerte, jusqu'à la fin des choses. Quand il s'était relevé, je m'étais laissée glisser sur le côté, coup d'œil au sol pour voir le sang que j'avais laissé à cause des choses dedans déchiquetées. Mais il n'y avait pas une seule tache sur la moquette. J'avais pourtant senti clairement des organes vitaux se distendre et céder, j'avais senti le sang dessous moi se répandre. Je me suis assise pour vérifier, j'ai senti du chaud me dégouliner le long des cuisses, et tout ce que j'ai récupéré au bout de mes doigts, c'était du foutre à lui, comme de la glaire blanche visqueuse, à peine mêlé de rose, très légèrement teinté, presque rien.

Assise sur la banquette, jambes repliées sous moi, j'avais l'impression qu'il y était encore.

Son empreinte bien brûlante, en milieu de ventre, omniprésente et douloureuse. Il me semblait que je la garderais toujours, intacte et blessante.

Il s'était retiré depuis un moment. Il était tout à fait calme, je pouvais le sentir à distance, plutôt content et très paisible. Accroupi devant la chaîne, il remuait les cassettes, les retournait dans tous les sens, m'a finalement demandé :

— Quelque chose que tu aies envie d'écouter ?

Il ne s'était visiblement rien passé qui justifie le moindre flottement dans l'attitude. Le coup d'œil changé, quand même, et on ne m'avait jamais regardée comme ça. À croire qu'il m'avait pissé dedans pour marquer son territoire. Et je sentais ça direct au ventre, que je l'aie voulu ou non, un lien solide et bien réel.

C'était une grande colère qui s'élançait en moi, sans me franchir le bord des lèvres. En même temps qu'un grand trouble. Et je ne disais rien.

Et tu n'as rien à dire parce que tu savais bien que ça pouvait arriver et tu es venue quand même. Aucune raison de te plaindre. Trop tard.

Il a déniché la cassette qu'il cherchait dans un autre boîtier, l'a enfoncée dans le player. Monté le volume, il s'est souvenu :

— Initialement, je t'ai invitée à fumer le biz, non ?

Il est venu face à moi, touché ma joue en disant :

— D'ici demain elle sera bien noire... Tu fais la gueule ? C'était la seule façon, avec toi. Je te voulais, je savais que tu voulais aussi et je savais que c'était comme ça qu'il fallait faire.

Ton enjoué, assurance tendre et amusée. Je me suis sentie stupide, à rester immobile sans un mot, prostrée sur le canapé. Et surtout il était furieusement près, dangereusement près de moi. Je me suis secouée :

— Je vais partir. À ta place je ferais pareil avant que Mireille revienne...

Où t'es allée chercher cette voix de merdeuse ébranlée ? Arrête avec ça, parce que ce n'était même pas si terrible, c'est dans ta tête que ça cogite trop, y avait même pas une seule putain de goutte de sang. Alors lève-toi et arrache-toi.

Je me suis levée pour commencer à me rhabiller, il s'est assis. Jambes bien écartées, bras croisés, très surpris :

— T'es comme ça, toi ? Je me donne un mal de chien pour t'en mettre un coup et tu restes même pas cinq minutes ?

Je remettais le dernier bouton de mon jean, j'ai relevé la tête :

— Je te trouve pas hyperdrôle, connard, et à ta place je dégagerais de là vite fait avant que Mireille rentre.

— Pourquoi veux-tu que je parte ?

— Tu te dis que tu vas réussir à lui faire gober que ce qui vient de se passer c'est normal et c'est cool, pas de problème ?

— Bien sûr que je peux, une simple question de forme. Sauf que je n'ai pas l'intention de lui en parler.

— Tu crois que moi je vais me taire ?

Il brûlait du shit sur un album BD, a relevé la tête et fait la grimace :

— Y a un truc qui m'échappe chez toi : je sais reconnaître une vraie conne quand j'en vois une, et c'est pas ton cas. Alors à quoi tu joues là ? Tu vas aller lui expliquer : « Mireille, ce garçon dont tu m'as tant parlé, il faut que je te dise, c'est après moi qu'il en a, et il m'a collée sur la table pour me le faire, il veut que je revienne demain, je suis désolée pour toi... » Toi, tu vas lui dire ça ?

Et je le faisais bien rigoler.

Il ne m'a pas laissé le temps de répondre, il a demandé :

— T'as une clope ? Assieds-toi, détends-toi, récupère un peu, fume le spliff…

J'ai hésité, il m'a tendu le papier à rouler :

— Tu t'occupes du collage et du filtre ?

Je me suis assise, j'ai fait le collage et j'ai déchiré le ticket de train mis de côté à cet effet pour préparer un filtre. Bien sûr que non, je n'oserais pas en parler à Mireille. J'ai imaginé la scène que ça engendrerait, et admis à voix haute :

— Non, je vais pas lui dire. Je vois pas l'intérêt, mais je préférerais que tu te casses d'ici, sérieux, j'aimerais mieux plus jamais voir ta gueule. Je crois que tu réalises pas bien comment je t'en veux.

Il a pris le temps de rouler le biz, puis l'a mis de côté. Il s'est rapproché de moi :

— Alors comme ça tu m'en veux ?

Je me suis reculée, mais c'était une réaction vide, ça ne basculait pas dedans comme ça l'avait toujours fait.

Il m'a empoignée à nouveau et tenue contre lui, le sourire revenu, le sourire de quand il était dedans :

— Tu vas la jouer pétasse comme ça combien de temps ? Je vais rester chez Mireille, parce que c'est le plus pratique. Et toi je vais te revoir dès demain. Parce que t'en crèves d'envie que je m'occupe de ton cas.

— Tu crois réellement que je vais revenir demain ?

Et je n'avais jamais parlé à quelqu'un d'aussi près. Le truc était cassé, le truc qui ne voulait pas de façon tellement terrible. Cette chose forte comme le roc était fracassée, une fois pour toutes. Il m'avait arrachée, déchirée. Et soulagée du plomb.

Je l'ai vu jeter un œil à la pendule, pour vérifier qu'il lui restait le temps.

Je le laissais faire, descendre mon pantalon et ôter mon pull. Comme on dessape une gamine.

Recommencé, ses yeux grands ouverts n'avaient rien de bienveillant, me fouillaient bien au fond. Tout le long, je cherchais ce que je sentais, ce que je pensais, je ne me trouvais nulle part et je ne regardais pas ailleurs, ça faisait mal encore, mais il allait tellement doucement, ça faisait mal avec entêtement, et pas si mal que ça. Ça me léchait dedans, je n'avais jamais vu les yeux de personne d'aussi près, me remplir comme ça, sa bouche me dégoûtait, je sentais monter un vomi imaginaire. Mais je laissais faire, inerte comme un sac, j'attendais, je me cherchais, je ne me trouvais plus nulle part et j'étais contre lui, passive et réticente, dépossédée.

Puis il s'est emporté, dérapé dans l'urgence, furieusement, jusqu'à se soulager.

15 h 00

J'ai déambulé dans le quartier pendant tout l'après-midi. J'enfilais les rues comme elles se présentaient, je sentais à l'intérieur un espace creusé, enflammé. Je n'avais pas pris de douche avant de partir, j'étais juste passée aux chiottes m'essuyer et je pensais que tout était sorti, mais il m'en coulait encore plein. J'avais pourtant vu plein de mecs cracher leur truc, mais jamais je n'avais imaginé qu'il y en avait tant que ça.

Chemin faisant, j'ai croisé des gens que je connaissais un peu et je leur ai dit bonjour en essayant que ça soit comme d'habitude et j'entendais bien que ça n'avait rien à voir avec d'habitude. Mais eux ne s'en sont pas rendu compte.

Et j'étais furieuse contre moi, me traversaient l'esprit des images où quelqu'un me bloquerait la tête contre un mur et me déchirerait le crâne d'une seule décharge de fusil, des images où quelqu'un m'écrabouillerait le ventre à grands coups de pierre, me réduirait en purée de chair et d'os broyés. Et toutes ces choses étaient méritées.

J'ai marché comme ça pendant des heures, puis j'ai croisé Guillaume place Sathonay, il s'est exclamé en m'approchant :

— Qu'est-ce que tu t'es fait ?

J'ai d'abord cru qu'il lisait sur ma face ce qui s'était passé. Mais il a insisté :

— T'as pris un pain ? Qu'est-ce qui t'est arrivé ?

Alors j'ai compris que ma joue avait pris une sale couleur et le bobard est sorti tout seul, naturel, servi avec le sourire :

— J'ai insulté un type en voiture, je lui ai dit d'aller niquer sa mère au lieu de conduire comme un connard, et il est sorti, et il m'en a allongé une. Alors je suis restée comme une conne, sur le bord du trottoir, à attendre sagement qu'il reparte. Un molosse, je l'avais mal vu au départ...

Surtout ne pas faire d'histoires, et ne pas déballer la mienne. Qu'est-ce qu'il y comprendrait et qu'est-ce qu'il pourrait bien me dire, de toute façon ?

Il a commenté :

— Il t'a drôlement bien arrangée, putain...
C'est quelqu'un que t'avais déjà vu ? Tu sais où
il est ?

— Non, il était immatriculé dans le 13, jamais
vu cette tête auparavant...

— Putain de Marseillais...

Et c'est devenu la version officielle, celle que
j'ai remise sur le même ton du « On va pas en
faire un drame » à toutes les personnes qui m'ont
demandé : « Mais qu'est-ce qui t'est arrivé ? »
Celle que j'ai ressortie le soir même à Mireille,
en pensant au sourire que ça arracherait à Victor quand elle le lui répéterait.

Guillaume a conclu :

— Mais ça va, t'as pas l'air trop abattue ?

— N'empêche que ça m'apprendra à bien
regarder le conducteur avant d'ouvrir ma gueule.

— Je te paie à boire ?

On est entrés dans le café de la mairie, odeur
de produit à laver les sols des collectivités, qui
rappelait la cantine.

On s'est assis l'un à côté de l'autre et une
odeur a effacé celle du produit en quelques
secondes qui me montait du bas-ventre, je puais
le foutre, une infection, on ne sentait plus que
ça.

J'ai attendu que Guillaume fasse une remarque parce que ça se sentait vraiment fort, mais il parlait d'autre chose :

— Je sors de la mairie, ils sont à tuer là-dedans, t'imagines pas…

Il me parlait de sa journée :

— J'ai croisé Cathy tout à l'heure… Elle travaille avec Roberta comme hôtesse dans un bar que Mme Cheung vient d'ouvrir… Elle a dû me répéter ça quelques fois pour que je le croie, mais bon au moins elles sont rassurées toutes les deux, il paraît qu'elles sont sérieusement protégées. Elle raconte que des gens ont vu la cassette de l'exécution des deux Parisiennes. Tu crois que ça se peut, toi ?

J'ai répondu avec un haussement d'épaules :

— Bien sûr que non… Moi, je pense comme Sonia : c'est Mme Cheung qui a commandé ça au départ pour foutre la zone chez nous. Ils t'ont dit quoi à la mairie, ça sera bientôt bon pour tes papiers ?

— À force de leur prendre la tête, ils m'ont promis que je les aurai dans la semaine… Mais tant que je les ai pas en main, je reste sceptique.

— Tu finiras par les récupérer et grimper dans l'avion, ça va être bien là-bas.

Laure est passée devant le café, obnubilée par Macéo qui ne l'attendait pas et elle n'arrêtait pas de l'appeler : « Au pied, au pied. » Guillaume a remarqué :

— Faut être con pour prendre un chien pareil, t'as vu comment il est gros ?

Et je me suis sentie soulagée qu'elle passe sans nous voir et sans s'arrêter, parce que j'avais envie d'être tranquille avec lui, une inquiétude à faire taire.

Faut pas que tu me laisses, comment ça se fait que tu sais pas ça ?

10 h 00

Le lendemain au réveil, j'ai pris la résolution de parler à Mireille de ce qui s'était passé.

Le souvenir de la veille était tellement incroyable que j'aurais pu croire l'avoir rêvé.

Sauf que la brûlure à l'entrejambe n'avait rien de chimérique.

Guillaume n'avait pas dormi là.

À côté, les voisins étaient deux à nouveau et s'engueulaient déjà, elle disait :

— Mais si c'est pour me parler comme ça, il ne fallait pas revenir.

— Comment veux-tu que je te parle autrement ? Tu vas peut-être m'expliquer qu'il ne s'est rien passé, et que rien n'a changé ?

— Va te faire enculer, si c'est pour me traiter comme une putain, sors d'ici...

Et il avait à peine claqué la porte, elle se précipitait derrière lui, continuait la scène sur le palier, lui demandait de revenir en hurlant. Et il remontait.

Pendant que je buvais mon café, je me sentais endurcie, lucide et résolue. J'écoutais Bob chanter qu'il se sentait mal à nouveau, et qu'il se doutait bien qu'il n'était pas le seul dans ce cas.

La voisine sanglotait en arrière-plan :

— Mais tu ne peux pas pardonner ?

Et rien de tout ça ne me faisait plus si peur. J'allais tout simplement attendre que ça passe, ce sale hiver et, un jour ou l'autre, toutes ces choses seraient derrière, simplement du passé.

J'allais raconter à Mireille ce qui s'était passé, faire les choses comme il faut, parce que je n'avais pas peur.

11 h 05

J'ai appelé le bar de Mireille, je ne comptais pas le lui dire au téléphone, je passais juste un coup de fil comme ça, pour lui demander comment ça allait, ce qu'elle ferait dans l'après-midi. Elle était radieuse au téléphone, juste un peu fatiguée parce qu'elle n'avait pas beaucoup dormi, elle aurait tellement aimé me voir, mais elle travaillait toute la journée, on lui avait proposé de faire un extra carrément bien payé, et elle ne rentrerait que tard dans la nuit. Remettait ça le dimanche, on ne pourrait pas se voir avant le lundi.

C'est si peu de chose, une bonne résolution.

11 h 20

Les volets se sont soulevés aussi doucement qu'à l'habitude, mais dans ma poitrine je sentais mes organes se bousculer et vouloir sortir pour faire des bonds à l'extérieur.

Quand j'ai été face à lui je me suis entendue dire :

— J'ai ramené un tas de cigarettes.

En gardant un calme impeccable, seulement mes mains que je tenais serrées dans mon dos qui tressaillaient. Une voix assourdissante dedans qui me hurlait de repartir tout de suite, je n'avais qu'elle en tête, mais je n'ai pas fait un seul pas en arrière.

Un quart de seconde avant que je rentre, ses yeux ont accroché les miens, j'ai senti le truc qui avait été changé entre mes jambes plus vivant que jamais, qui en voulait encore.

Je me demandais si ça faisait ça à tout le monde, fouillais dans ma mémoire et certainement ça faisait pareil à tout le monde, mais ça ne me l'avait jamais fait à moi.

J'ai attendu que les volets se referment à quelques pas de lui, je savais très bien que je n'aurais jamais dû revenir.

Déclic quand ils sont arrivés au sol.

12 h 00

— T'es tellement extravagante, je me demandais vraiment si tu reviendrais.

Les premiers mots qu'il a dits, juste après qu'on a recommencé, par terre au pied des volets, alors qu'il était encore dedans. Il me recouvrait, tout son poids sur moi. Il me bouffait l'air et n'avait rien à faire là, mais je n'avais pas envie de bouger.

Il me détaillait, attentivement, se penchait sur mon cas avec patience et savoir-faire. Qu'est-ce que j'avais, qui lui échappait ?

Je me questionnais en aparté, si j'avais mal ou pas, si sa langue m'écœurait, si j'aimais son odeur. Je m'ennuyais, globalement. Je restais sans réaction, fatiguée, étrangère à tout ça. Ça ne m'avait rien fait, je m'étais même ennuyée.

Il touchait mes cheveux, les écartait pour bien m'avoir les yeux. Y fouillait comme chez lui. Gestes d'intimité déplacés, gestes de protection grotesques, de tendresse affectée.

Il s'est retiré, relevé. Le truc chaud s'est répandu entre mes jambes. J'ai senti le vide, aussitôt mon ventre a fait savoir qu'il voulait remettre ça, tout de suite. J'étais prise en traître par mes propres émotions.

Je me suis mise debout à mon tour et je ne savais plus bien quoi dire. Lui nous a servi de généreuses doses de whisky, m'a tendu le verre :

— Cul sec ?

Il a vidé le sien avant que je ne porte le mien à mes lèvres, j'ai suivi le mouvement, il a rempli nos deux verres à nouveau, est allé s'asseoir à la table de la cuisine. J'ai commencé à établir le lien entre son sourire et sa bouche sur moi, sa façon de s'asseoir, de se tenir et sa façon de bouger dans moi et de m'empoigner sans ménagement. J'ai commencé à avoir envie de lui, à comprendre ce que ça faisait. Irrationnelle dedans. J'ai repensé au moment où il affolait le mouvement, où les choses devenaient sérieuses et s'enflammaient durement. Envie sourde, il me semblait qu'il y avait quelque chose là-dedans, qui m'avait échappé jusqu'alors, quelque chose de crucial, de pas encore tilté.

Il a demandé :

— Je peux te poser une ou deux questions sur toi et le sexe ?

— Non.

Et je me sentais finalement détendue avec lui, familière, vite, d'une façon qui m'était inconnue. Alors il s'est mis à parler d'autres choses, il bavardait vraiment bien, mais ça n'était pas exactement ce qui m'intéressait chez lui.

J'avais vidé mon deuxième verre, il l'a aussitôt rempli, aussi généreusement que les deux premiers, en expliquant :

— Je te mets la dose parce que j'aimerais bien te voir raide, voir si tu te détends.

— Comment tu présenteras la chose à Mireille quand elle rentrera et que je serai ivre morte à poil dans son salon ?

— On verra ça en temps voulu... Ça t'arrive d'oublier Mireille quand tu es avec moi ?

Il avait cette façon de dire les choses, qui les rendait juste drôles, légères.

Je l'observais, je sentais ce que ça me faisait, je m'étonnais, et je l'observais encore. L'envie n'arrêtait pas de grandir, de faire du moindre geste un prétexte pour se déployer, sa voix, ses yeux, ses mains, comment ses épaules étaient faites, comment il se penchait en avant, comment il tirait sur le biz et l'écartait aussitôt vivement parce qu'il s'était brûlé la lèvre en tirant sur le filtre en carton, sa façon de lever les yeux sur moi, de se taire et de se passer la main sur la nuque. Quoi qu'il fasse, ça me venait au ventre, quoi qu'il fasse je trouvais ça bien, et ça me donnait envie de le faire, encore.

Quand on a recommencé, je me suis mise à le chercher, sa langue n'avait plus rien d'un organe visqueux, je ne pensais plus à autre chose. Je n'étais plus tout à fait là, mais j'y étais justement tout entière. Sidérée que quelque chose me fasse un bien pareil.

16 h 00

Guillaume était à la maison quand je suis rentrée. La complainte intérieure qui le suppliait de rester et ne pouvait envisager les jours sans lui s'était éteinte.

Les voisins ont remis ça, elle criait :
— Mais comment t'as pu me faire ça ?
Et lui, placide :
— Pareil que toi quand tu l'as fait.
Elle, en larmes :
— Je t'ai attendu toute la nuit, je veux pas que tu me fasses du mal.
Et lui, mordant :
— Je voulais pas te faire de mal, je voulais juste coucher avec elle.
Et ça ne m'a pas noué la gorge, ni fait résonner le foyer d'infection.

Tout ce qui se passait à plus de cinq centimètres de Victor était vague et inoffensif, dénué de substance. Si futile, tout le reste !

13 h 00

— Mais t'as bien dû avoir envie des fois quand même ?

— Jamais. Toi, tu cherches pas si y a moyen que tu décolles du sol en battant des bras, moi pareil : je pensais que je ne pouvais pas le faire, je suis jamais allée chercher plus loin.

— Et moi, si je t'avais demandé ton avis, j'aurais pu te baratiner des siècles, ça n'aurait rien changé ?

— Je crois pas non.

Je le regardais parler plus que je ne l'écoutais. Mon ventre retenait ses doigts, quelque chose dans les yeux et le sourire contenu comme s'il allait me manger, comme s'il pouvait défier n'importe qui.

La brute dissertante était debout dans le salon, boîte de bière à la main, me questionnait en se frottant le ventre, faisait des aller et retour devant le canapé où j'étais assise en essayant d'y comprendre quelque chose.

Le concept lui plaisait beaucoup. Cette fois encore, l'idée a fait son chemin et il est venu se mettre face à moi parce qu'elle commençait à gonfler. Ce garçon était fait pour bander, se faire sucer comme s'il était le dernier homme sur terre et qu'il mérite tous les hommages. Je suis descendue du canapé pour faire ça correctement et avant que ça commence vraiment il a rejeté la tête en arrière, large sourire :

— Quand je pense au mal que la Reine-Mère se donnait pour comprendre ce que t'avais dans le sac… Elle pouvait s'agiter, la vieille, elle avait peu de chance de mettre la balle au fond.

Rire de gorge, rire d'homme, main sur les hanches. Je pouvais le sucer pendant des heures, j'étais bouleversée à chaque fois, l'émotion intacte, qu'il soit dur dans ma bouche et que ça lui fasse autant de bien.

Je me découvrais le bas-ventre capable de grandes émotions, lui dedans moi, j'avais été conçue pour ça, balbutier, me cambrer et me faire défoncer.

Ça n'avait rien d'érotique ni d'évanescent, aucun tripotage raffiné là-dedans, pas d'attente éreintante, pas de choses du bout des doigts.

Que du poids lourd, du qui-s'enfonce-jusqu'à-la-garde et les couilles viennent cogner l'entre-jambe, foutre giclant pleine face, seins malmenés pour qu'il se branle entre, se faire coller au mur. De la chevauchée rude, je me désensevelissais les sens au Kärcher, j'étais très loin de ce qui est doux.

La gestuelle avait un caractère sacré, l'ardeur barbare des histoires de viande crue, il y avait dans ces choses une notion d'urgence, de sou-lagement final, qui en faisait un emportement mystique et radical : l'essence même de moi, il l'extirpait. L'essentiel de moi lui revenait.

Ce jour-là, emmêlés par terre, il a ressenti le besoin de me raconter des choses. Comme d'habitude, j'écoutais patiemment, mais je m'en foutais des beaux discours :

— Tu sais pourquoi je suis revenu chez Mireille ?

— Parce que t'avais claqué tout l'argent que t'avais volé à la Reine-Mère et tu ne pouvais plus payer l'hôtel.

— Tu me crois vraiment si trivial que ça ?

— Alors pourquoi ?

— Pour toi.

— Ça, au moins, ça n'a rien de trivial.

— Il n'y avait pas d'autres moyens. Toi, tu habitais avec ton frère, je ne pouvais pas venir directement chez toi.

— Comment tu avais appris que je voyais Mireille ?

— Mathieu.

— D'où tu le connais ?

— Hasard. Comment il m'a parlé de toi ce jour-là, je savais que je devais te voir. Une intuition, je savais que je devais te voir, et quand je t'ai vue, je savais que je devais te forcer… Toujours suivre son instinct, c'est le seul vrai truc.

C'était partiellement vrai, parce qu'il avait compris qu'il ne faudrait pas trop tergiverser pour que je me laisse faire. Mais pour le reste il trafiquait.

Comme je ne répondais rien et qu'il s'est douté que je n'en pensais pas moins, il s'est gratté l'oreille, a ricané et conclu en faisant une mimique de type qui trouve l'eau drôlement froide :

— Parfois je veux trop en faire.

Et sans bien savoir ce que je tirais comme conclusion, il m'a pris la main et l'a mise sur sa queue, que je la sente en bandaison. Son instinct lui disait que c'était la bonne chose à faire.

Ça me bouleversait, à chaque fois. Cheveux rejetés en arrière, cul ouvert, orifices bien offerts, j'exagérais la cambrure, me glissais la main entre fente pour bien montrer ce que je faisais, gémissante toute crescendo. Je sentais que ça le basculait, j'en prenais pour mon grade. Et je ne m'en lassais pas.

Néanmoins, je comprenais doucement, sans hâte ni jugement, ce qui avait poussé Victor à revenir chez Mireille. Et loin de m'éloigner de lui, cette instruction progressive collait un peu de douleur à l'affaire et me faisait redoubler d'ardeur.

Petites phrases anodines entre deux passages en vraie dimension, petites phrases vite passées, qui me tournaient autour, et revenaient toujours.

Fais-moi sentir ton ventre à toi, contre moi, fais-moi sentir que je ne dois pas t'en vouloir, pas m'écarter, pas une seconde, quoi qu'il arrive, fais-moi sentir que je ne peux pas m'éloigner, que tu me prives de choix, creuse-moi, apaise-moi, force-moi.

— T'as travaillé longtemps pour l'orga ?

Ou bien…

— Et personne sait où elle est passée, la Reine-Mère ?

Et aussi…

— Elle m'a parlé de toi plusieurs fois, elle t'avait gravement à la bonne.

— Mais elle t'appellera avant de quitter la ville, non ?

— Tu lui avais jeté un sort, elle te prenait pour le diamant de son affaire, ça l'effondrait que tu gâches ta vie à stagner à L'Endo.

Victor n'était pas exactement inattentif à mes réactions, mais sentait aussitôt que je n'avais pas envie d'y répondre. Il se contentait de s'assurer que je ne lui cachais rien, que je ne savais pas où elle était, et passait de bonne grâce aux choses qui m'intéressaient.

Saïd disait vrai : Victor, en arrivant à Lyon, s'était installé chez la Reine-Mère. Il n'avait pas eu besoin de la coller par terre ni de lui maintenir les poignets pour lui en mettre quelques coups. Ça s'était fait à la salive, il l'avait conquise au bla-bla. Puis quelque chose s'était mal passé, il ne racontait pas quoi. Je ne posais aucune question, parce que je n'étais pas pressée de connaître toute l'histoire. Ni moi ni Mireille ne savions pourquoi il se cachait.

Et j'ignorais pourquoi il tenait tant à la retrouver.

C'est à ça que je devais lui servir. Pendant son stage avec elle, il l'avait entendue parler de moi à plusieurs reprises, comme si j'étais sa grande fille. Il avait fait ce calcul simple : elle finirait par me contacter. Et moi je finirais par dire à Victor où la trouver.

Sachant ce que Victor attendait de moi, je m'inquiétais surtout à l'idée de le décevoir. Il ne me semblait pas évident que la Reine-Mère prendrait la peine de me joindre, je ne comprenais pas qu'elle lui ait parlé de moi, et je ne voyais pas pourquoi elle me gratifierait d'un au revoir particulier.

C'était la chef. Une fois la boîte coulée, le P-DG visite rarement ses ex-employés, même le meilleur de l'année.

Chaque jour écoulé augmentait l'impatience de Victor.

Et je n'étais pas sûre de le croire, quand il s'enroulait autour de moi en murmurant : « Même si je dois repartir les mains vides, encore repartir à zéro, je voudrais que tu viennes avec moi. »

Je m'accrochais à son dos, de toutes mes forces. Départ imminent, au-dessus de nos grands mélanges. Rien à faire contre ça que m'écarter à fond et le prendre au plus loin, en espérant que ça aille.

Je me suis levée et rhabillée, comme tous les jours, un peu avant que Mireille ne rentre.

En même temps que je prenais l'habitude de rejoindre son amant dans son lit, je liais avec elle de bien tendres rapports.

Il existait deux réalités distinctes et coexistantes qui ne se mélangeaient pas, deux temps différents.

Je n'ai jamais eu mauvaise conscience, pas un moment de dilemme.

Puisque, de toute façon, je ne pouvais pas ne pas le faire.

17 h 00

Je remontais le boulevard de la Croix-Rousse, je faisais mine de bien savoir où j'allais et ce que je devais y faire. En vérité, c'était juste histoire de marcher.

Un taxi s'est rangé de mon côté du trottoir, Sonia a sorti la tête de la fenêtre, larges signes de la main, pour que je me dépêche de la rejoindre. Quand je suis arrivée à sa hauteur, elle a ouvert la portière et s'est poussée pour que je rentre. Je n'avais rien de mieux à faire qu'un tour de la ville avec elle, et je suis montée sans hésiter.

— Putain de coup de cul, j'étais juste en train de me creuser la tête pour savoir où je pouvais te pécho et pile tu passes sur le trottoir.

— C'est pas un coup de cul, c'est ce quartier qu'est tout petit, tu vas bien ? Tu me cherchais ?

— T'es au courant pour Le Checking ?

— Ils l'ont passé au napalm ?

— Ils sont venus dans la journée... Ils ont vidé le bureau de la Reine-Mère, de fond en comble... Tout cassé dans son bureau. Pas touché le reste, ils sont en train de s'imposer pour la gestion de la boîte. Mais dans les locaux du haut ils ont tout retourné, ils cherchaient quelque chose.

— Quoi ?

— Personne sait.

J'ai simulé, par politesse, une sorte de découragement songeur, en regardant la ville par la fenêtre. Je m'en foutais. Royalement. Tout se passait assez vite, et de manière assez diffuse. Ne me concernait plus de plein fouet. Déjà fini tout ça, croix dessus sans remords, j'avais faim de la nouvelle vie, de rafales de chaleur. Ce type crachait un foutre de feu.

En revanche, les gens comme Sonia ne s'occupaient que de la fin de l'orga, se tenir au courant, faire le compte des endroits qui résistaient...

Et malgré moi j'ai demandé :

— Et la Reine-Mère, toujours injoignable ?

J'aurais posé cette question de toute façon, mais en l'occurrence je la posais pour Victor.

— Elle veut te voir.

Elle a froncé les sourcils en désignant le conducteur, pour éviter que je gaffe et que je reprononce son nom. On ne savait jamais, avec les chauffeurs de taxi...

Alors j'ai compris que j'avais eu tort de douter de l'instinct de Victor.

Je me suis renseignée :

— Et on va où comme ça ?

— Tu suis le mouvement, tu t'inquiètes pas... Où t'es en ce moment, on te voit jamais ? Même Guillaume peut pas dire... Tu marches à part avec l'autre pute maintenant ?

— Mireille ? Non, je la vois pas tant que ça... Je vois personne en fait, je suis trop dégoûtée de tout ce qui s'est passé, je reste dans mon coin...

C'était le problème, quand on voyait tous les jours les mêmes personnes pendant des années, ça leur donnait le droit, quand on disparaissait, de se poser des questions...

À un feu rouge, un type en train d'engueuler son chien lui a collé un grand coup de laisse. Sonia m'a écrasée pour ouvrir la fenêtre de mon côté et s'est mise à l'insulter :

— La putain de toi, bâtard, tu fais le malin avec ton chien, mais ta bite elle est toute petite et je te chie sur la gueule. Laisse-le tranquille ce putain de clébard !

On a redémarré, elle a repris sa place mais ne s'est pas calmée :

— Je suis folle quand je vois les mecs qui tapent leurs chiens, c'est vraiment des bâtards…

On descendait vers Vaise, graduelle montée d'appréhension. La Reine-Mère avait probablement appris, flairé, vu dans le marc de café ou lirait sur ma face… que je le voyais tous les jours, qu'il attendait que je l'aide à la retrouver.

Sonia était passée des enculés qui tabassent leurs chiens aux sales putes qui font chier leurs mômes :

— Tu les vois dans les parcs, elles font les malignes avec leurs gamins, elles leur parlent comme à de la merde et il faut toujours qu'ils obéissent alors que c'est des rien-du-tout ces femmes-là…

Rythmique mitraillée en fond, qui ferait monter la pression et un support à la panique.

Mais je ne pouvais tout simplement pas refuser de m'y rendre.

Le taxi nous a laissées à côté d'un Mac Do, et il a fallu qu'on marche un moment pour rejoindre la rue de la piscine.

Dès qu'on est sorties de la voiture, Sonia m'a expliqué :

— J'ai appelé chez toi ce matin, j'ai eu Guillaume, mais il m'a dit que t'étais plus trop à la maison la journée… Putain, c'est ton frère, c'est le dernier jour qu'il est en France et tu passes pas la journée avec lui ?

— Je le verrai ce soir. Et je fais ce que je veux.

— Bien sûr que tu fais ce que tu veux… Je disais ça comme ça, c'était pas pour le reproche… Mais ça surprend quand même… T'as trouvé quelqu'un ?

— Je t'ai dit y a deux minutes : je reste toute seule, les gens ils me gavent tous, il s'est passé trop de trucs, on rigole plus sur le quartier… Tu peux retenir ça ou tu vas me reposer la question dans cinq minutes ?

— Je faisais juste d'innocentes suppositions. Le prends pas comme ça.

— On va voir la Reine-Mère là ou on va faire une course ?

— Bien sûr qu'on va la voir. Elle va être contente, parce que je lui ai dit que j'étais pas sûre de pouvoir te trouver et elle tenait à ce que tu passes.

— Pourquoi elle a pas téléphoné elle-même chez moi ?

— Elle se méfie, tu sais… Elle l'aime bien Guillaume, c'est pas le problème… Mais elle préfère pas prendre de risque.

— Pourquoi elle se planque comme ça ?
Maintenant qu'ils ont récupéré tout le business…

— Ils ont récupéré tout le business, mais pas
tout ce qu'ils veulent.

— Et c'est encore loin ?

— On y est presque.

— Pourquoi elle veut me voir ?

— Parce qu'elle t'aime bien.

Sonia m'a regardée, comme si j'avais vraiment
de la chance, a insisté :

— Elle t'aime vraiment bien tu sais.

— Comment ça se fait que toi t'es en contact
avec elle ?

— Elle sait tout la Reine-Mère, même quand
on la voit plus, elle garde un œil sur nous. Le
jour où elle a voulu me voir, elle a tout de suite
appelé à l'hôtel où j'étais, elle m'avait localisée
sans problème…

*Alors pourvu qu'elle m'aime bien, pourvu
qu'elle m'aime vraiment bien.*

17 h 45

On est rentrées dans une maison très moche, une grosse chose grise carrée avec jardin devant, plein d'herbes. Ni abandonnée ni entretenue.

Sonia a frappé à la porte, un judas s'est ouvert. Spontanément on a fait un pas en arrière, un réflexe acquis sur le palier du Checking. La fille qui a ouvert devait justement être une ancienne du Checking. Mais c'était difficile à affirmer parce qu'elle était en jean, pas maquillée, sans talons, et que tous ces détails transformaient une femme.

J'avais l'estomac broyé d'appréhension, ça me rappelait les retours à la maison, gamine, quand j'avais largement passé l'heure et que je revenais tête basse, sachant que ma mère m'attendait pour me dérouiller.

Le rez-de-chaussée était rempli de filles, la nouvelle tenue c'était jean et chemise blanche. Ça changeait vraiment mais ça leur allait bien aussi. Ça faisait davantage guérilla urbaine. Moins soirée.

On est montées au premier, précédées d'une fille, je m'habituais tant bien que mal à l'idée que si la Reine-Mère était fâchée après moi, je n'avais aucune chance de détaler.

Je n'ai d'abord pas fait le rapprochement. Une femme plutôt grasse en survêt informe, grisâtre, Stan Smith pourries et le crâne rasé. Poches flasques sous les yeux ternes, nez trop gros, un peu luisant. Je suis restée sur le pas de la porte de la pièce presque vide où la femme était assise, j'ai laissé Sonia rentrer lui dire bonjour. J'ai compris à la voix, qui elle aussi avait changé, mais moins radicalement. Et je me suis avancée à mon tour.

Elle avait pris quelques dizaines d'années et perdu tous ses apparats. Je lui ai tendu la main, m'excusant :

— Je crois bien que je ne t'avais pas reconnue… Je suis confuse.

Elle s'est levée, a tenu ma main serrée un long moment :

— Tu me rassures, au contraire. Si même toi tu ne vois pas que c'est moi…

Double tranchant. Intense soulagement, parce que cette femme-là n'avait absolument pas l'air de m'en vouloir de quoi que ce soit. En même temps qu'écœurement profond, je n'avais pas envie de la voir comme ça.

Elle a dit :

— Contente de te voir, Louise.

Elle me dévisageait avec bienveillance.

Se tenait voûtée. Elle avait perdu de la superbe, à fond.

Elle s'est rassise, nous a invitées à faire de même. Je la trouvais rabougrie. Amoindrie, et pas belle. J'ai répondu :

— Je pensais plus jamais te revoir… Tu nous as manqué, tu sais… On s'est senties un rien, comment dire ? désemparées…

En souriant, comme si tout cela n'était pas bien grave, mais j'ai quand même insisté :

— Voire assez stupides. Et pas très rassurées.

Elle s'est frotté la joue, cherchant ses mots. Mais pas embarrassée :

— Tout ne s'est pas passé exactement comme je le souhaitais. Et je ne pouvais pas… J'avais quelques points à régler avant… Mais maintenant tout est en ordre, je vais pouvoir passer à autre chose.

Se tournant vers Sonia :

— Tu peux descendre, s'il te plaît ? Ça ne prendra pas longtemps, je te ferai rappeler.

Quand même, elle continuait à expédier promptement. Une fois que Sonia est sortie, elle a froncé les sourcils :

— J'ai appris que ton frère partait.

— Demain. Avec Mathieu.

— Je sais, je sais... Tu le prends bien ?

— Tout le monde s'inquiète pour ça, c'est bien gentil de votre part, mais c'est mes histoires... Ouais, je le prends bien, ça ira quoi...

C'est bien délicat de se préoccuper de mon sort à ce point... Mais quand ils ont tiré sur Gino, quand ils sont venus brûler L'Arcade, où t'étais quand on avait besoin que t'y ailles de ton petit numéro de sollicitude ?

Je l'avais fait sourire :

— Et tu t'es trouvé une petite amie.

Je n'ai pas enchaîné là-dessus, je me suis gratté l'oreille à la place, elle a croisé les jambes, a fait un signe de la main :

— Je suis désolée, je me suis tenue un peu au courant sur ton cas... Pas pour te surveiller, mais je voulais être sûre que tout allait bien... Et j'ai appris que tu passais tes journées chez elle, mais rien sur ce que vous y faites parce que les volets sont toujours fermés... C'est pour ça que j'ai préféré que Sonia descende, je sais qu'elle ne l'a pas à la bonne... Pour être honnête, je me suis toujours doutée que tu étais lesbienne.

Elle en avait pris un sérieux coup au raisonnement. Je me suis souvenue de la fois où Victor était resté debout, exposé aux regards, pour me persuader de rentrer fumer un spliff, la première fois. Et il n'y avait personne pour me surveiller ce jour-là. Il me semblait que toute la chance que je n'avais pas eue dans ma vie était en train de se concentrer en un seul coup, un seul, un magnifique.

J'ai éludé le sujet, gentiment :

— Je préfère pas parler de ça...

— Ça ne m'étonne pas. Je voulais que Sonia descende aussi parce que je voulais te donner ça.

Elle m'a tendu une enveloppe, elle m'en avait tendu souvent de pareilles, mais moins épaisses. J'avais l'impression de visiter ma grand-tante, qui me refilerait une part d'héritage en douce parce que j'étais sa petite préférée. J'ai rigolé en la glissant dans mon sac, j'ai demandé :

— Tu te casses alors ?

— Demain.

Jubilation dedans, j'allais pouvoir tout raconter à Victor, le lendemain. Elle serait déjà partie, je n'aurais rien à me reprocher.

Elle a ajouté :

— Si tout se passe bien. C'est pour ça aussi que je voulais te voir.

Elle m'a tendu un deuxième paquet, carré rigide et très fin. Elle était devenue extrêmement solennelle :

— Je te confie ça, je veux que tu te démerdes pour le cacher, le cacher drôlement bien. Ils ne penseront pas à venir le chercher chez toi, ils ne connaissent pas assez bien l'orga.

— C'est quoi ?

— Juste une sorte de disquette. Mais ça intéresse du monde.

— Ça intéresse qui ?

— Les flics, les nouveaux patrons, ce fameux Victor dont tu m'as parlé…

Appel d'air, quand elle a prononcé son nom, j'ai senti le sol dessous se faire la malle. Et j'ai mieux compris la prise d'élan-coup de boule que j'avais provoquée la dernière fois qu'on s'était vues.

Elle a hésité avant d'ajouter :

— Il m'a semblé comprendre que Mireille, elle aussi, l'a côtoyé ?

— Il paraît, mais elle n'en parle jamais… C'est vrai qu'il a vécu chez toi ?

Jolie moue de la bouche, m'a répondu de loin :

274

— Il paraît que je l'ai dans la peau... C'est un garçon durablement toxique.

— Il t'a fait du tort ?

— J'ai pris quelques leçons de grimace... J'étais prévenue pourtant, je connaissais l'intégrale de sa bio. Mais au lieu d'en valoir deux une femme avertie aime à croire qu'elle fera l'exception.

Elle n'avait pas perdu le goût de la formule alambiquée. J'ai demandé, presque à contrecœur parce que je ne voulais pas trop en apprendre :

— Tu crois qu'il y a un rapport, entre... le truc des deux Parisiennes et lui ?

— Je le vois mal en boucher... Enfin, pas comme ça, il travaille plutôt dans l'abstraction.

— Et si elles lui avaient posé problème, refusé un truc ou...

Elle a eu un signe de la main pour invalider ma proposition, accompagné d'un haussement d'épaules agacé :

— On ne refuse rien à Victor.

— À ce point-là ?

J'ai essayé un début de rire, pour qu'on en revienne à des propos moins enflammés. Elle a relevé les yeux sur moi, m'a dévisagée en silence assez longtemps pour que je me sente mal à l'aise. J'avais la pénible sensation qu'elle savait pour lui et moi, et qu'elle s'obstinait à me mettre en garde, à m'exhiber sa perdition pour que je me préserve de lui. Ton sobre et menaçant, qui me faisait comme une prophétie :

— Je vous ai tous laissé tomber. Vous, avec tout ce que j'avais. J'aurais probablement pu sauver l'affaire, si cela ne m'avait pas semblé si dérisoire. Pendant des années je n'ai eu de temps que pour l'orga, et je n'ai pas fait du mauvais boulot… Je vous ai tous laissé tomber, et pour être honnête je m'en contrefous. Tu crois vraiment que je quitte la ville parce que j'ai peur de trois culs bridés en costard ?

— Qu'est-ce qu'il t'a fait de si terrible que ça ?

— Il m'a donné exactement ce dont j'avais besoin. Pur talent. Il t'ouvre le ventre et il touche juste : « Là, ça ne va pas, mais quand je fais ça, ça va mieux n'est-ce pas ? » Et ça va mieux, ça n'a rien à voir. Alors il va le refaire ailleurs, et tu te retrouves ventre ouvert, démerde-toi, avec le souvenir persistant de ce qu'on peut te faire comme bien. Méfie-toi de lui, Louise, il est assez malin pour penser à venir chez toi chercher la chose, et il est capable de…

— Je sais, je sais, tu me l'as déjà dit…

Mais qu'est-ce que tu t'imagines, qu'il a attendu que tu m'expliques pour venir me trouver ? Tu

crois qu'il laisse le choix ? Tu le sous-estimes
encore, tu sais...

Elle n'en démordait pas :

— Je veux que tu t'en souviennes : si jamais
tu le vois, il faut que tu te sauves avant qu'il
ait eu le temps de dire un seul mot. Le laisser
te parler, ça serait te laisser faire.

Elle faisait large dans le grave, ne plaisantait
pas du tout. J'étais assise en face d'elle, j'ouvrais
de grands yeux tranquilles et attentifs en l'écou-
tant parler, sans dire un mot. J'étais intérieure-
ment parfaitement hermétique à ses avertissements,
et je n'entendais rien à ce qu'ils avaient d'émi-
nemment justes. J'avais choisi mon camp, j'étais
inébranlable. Elle ne me touchait pas, elle ne
m'inquiétait pas, j'étais tranquillement sourde.

Elle a conclu, en soufflant bruyamment :

— Il m'a foutu une merde, ce con...

Fou rire nerveux, à cause de l'expression. Elle
m'a fusillée du regard, elle avait quand même
gardé pas mal d'autorité, je me suis calmée et
enquise :

— Qu'est-ce qu'il y a sur ces disquettes ?

— Une sorte de compilation... depuis le
début de l'orga, tout ce que les filles m'ont rapporté sur les clients, toutes les transactions qu'on
a faites... Tu ne connaissais pas ce secteur, parce
que tu n'as jamais voulu travailler là où ça

devient intéressant... Vu la clientèle qu'on a touchée, il y a de tout sur ces disquettes, de quoi faire du scandale tous les jours pendant vingt ans... On ne se rendait pas bien compte de la valeur de la chose, jusqu'à ce que Victor défraie la chronique en la lançant sur le marché. D'autant qu'il a baratiné pour appâter le client, il n'a pas lésiné...

— C'est comme ça qu'on est passé dans l'œil du cyclone ?

— Bien sûr, c'est comme ça... Dans mon état normal, j'aurais géré le chaos. Déjà, je n'en aurais pas fait un tel drame, qu'il soit parti avec une disquette.

— Il en a une à vendre quand même ?

— Elles ne se lisent que les trois ensemble.

— Les trois ?

— Je confie l'autre à Sonia, ils ne penseront pas à elle non plus. Quant à Victor, il peut bien essayer de lui faire son petit numéro, il n'aura pas de prise sur elle.

— Combien de temps on va les garder ?

— De mon côté, je vais faire retrouver Victor, et il va rendre celle qu'il a emportée... Parce que j'ai besoin des trois pour retrouver l'immunité, toucher le pactole et m'installer ailleurs.

— C'est à cause de ça que les keufs ont couvert Mme Cheung ?

— Quand le bruit a couru que, non contente d'avoir rassemblé ce type de doc, j'en avais laissé filer une partie, je me suis trouvé quelques nouveaux ennemis…

— Et comment vas-tu t'y prendre pour mettre la main sur Victor ?

— Il fera son come-back bientôt, il n'a pas tout son temps pour récupérer ces disquettes. Ça n'est plus seulement une question d'argent.

— C'est une affaire d'honneur ?

— Il se fera probablement descendre s'il ne les rapporte pas. Il a déjà touché un gros acompte dessus. Maintenant, c'est plein d'acheteurs, il en sort de partout, alors les premiers sur le coup n'ont aucune envie de se faire doubler… Et je laisse en place de quoi le cueillir. Pendant ce temps, vous planquez le matériel. Je vous contacte dès que tout est réglé. Tu toucheras gros quand ça se fera.

— Tu crois que ça va être vite réglé ?

— Je t'ai connue moins questionneuse, Louise, qu'est-ce qui te prend ?

— Je me suis connue moins impliquée dans les emmerdes, ça me rend curieuse.

— Ne t'inquiète pas : c'est l'affaire de quelques jours. En fait, il suffit que tu me fasses confiance, comme moi je te fais confiance…

On a qu'à faire comme ça.

Elle a fait rappeler Sonia, on a bu un whisky. La Reine-Mère a éclaté de rire, plusieurs fois. Et son rire n'avait pas changé, toujours ce truc énorme et brusque. Qui faisait oublier ses vieilles frusques et sa tête de femme usée.

Elle nous a raccompagnées en haut des escaliers du premier. M'a serrée dans ses bras au moment de se quitter. Son corps était chaud et robuste, l'étreinte très émouvante.

Ça m'a surprise, comme on était bien dans ses bras.

18 h 45

Sonia pleurait dans la rue quand on remontait à pied vers le métro Gorge-du-Loup. Comme une statue, son visage ne changeait pas, était même plus dur qu'à l'habitude, mais des larmes coulaient sur ses joues, tout doucement, pas beaucoup. Et elle a pris ma main dans la sienne, on marchait toutes les deux sur le bord de la route comme deux gamines qui viennent de quitter maman. Elle a fini par se rendre compte que je l'amenais vers le métro, retour parmi les siens :

— T'es folle, on va pas prendre le tromé, je suis claustro, moi, je peux pas, on va chercher un tax...

19 h 30

— Ça va, on dirait… T'as pas souffert d'une
baisse de régime trop radicale. Me dis pas que
toi t'avais pensé à mettre de côté ?

J'avais accompagné Sonia à la chambre de
son hôtel. Fenêtres immenses, rideaux soyeux
dégoulinant jusqu'au sol rutilant, ça puait le luxe
vaste et imposant, la grosse moquette moelleuse
impeccable et la vue sur le parc de la Tête-d'Or.

Assise sur le bord de son lit, Sonia quittait
ses chaussures sans les mains, en s'aidant du bout
du pied, comme, un bonhomme après une dure
journée de chantier. Elle m'expliquait :

— Moi, je mets rien de côté, j'ai une réputation à tenir… Mais je travaille encore, j'ai gardé
des clients, les anciens, quoi, ceux qui te laissent
pas tomber.

— Tes copains ?

— Rigole pas trop avec ça, en vérité ils sont quelques-uns à avoir été méchamment cool avec moi ces derniers temps… Sérieux, c'est pas rien, le rapport du client à la putain, y a du respect, de la tendresse, de la considération… Y a pas histoire que j'aie fait pitié, c'est pas ça. Et je suis bien la première que ça esbroufe, mais faut admettre qu'ils ont été bien corrects.

Plus le temps passait, plus Sonia parlait mal, crachait les mots en faisant claquer l'intonation nerveuse. J'ai demandé :

— Pourquoi tu fais pas un effort quand tu parles ? Tu fais racaille, c'est insupportable. T'as vu où t'habites maintenant ? Et ça fait des années que t'es que dans des endroits classe…

— Je la parle couramment leur langue de tapette, mais tu causes pas avec ça, c'est pas une langue vivante, c'est du cafouillage de cerveau broyé pour cerveaux de tafiole, tu vois de quoi je parle ? Fesses bien serrées, le ton qui monte pas, rien qui sort. Autant fermer sa gueule, tu vois… Moi, mieux je la parle, moins je la sens leur langue.

Et sans s'occuper de moi, partant du principe que je ne savais pas de quoi il s'agissait, elle a dévissé la petite grille de la climatisation et y a glissé une enveloppe rigide blanche de forme carrée.

La salle de bains était plus grande que mon salon, on tenait à l'aise à deux dans la baignoire d'angle. Sonia avait du biz noir très tendre qu'on ne brûlait pas, qui se roulait entre le pouce et l'index en cordelette et se glissait dans le spliff. On a changé l'eau du bain une petite dizaine de fois, pour qu'elle reste bien chaude pendant qu'on discutait, elle balançait là-dedans des produits improbables qui sentaient gravement bon. On faisait sortir nos pieds, gigoter nos orteils, en parlant de choses et d'autres. Elle se tenait comme Tony Montana, les deux coudes appuyés derrière elle, bien écartés. Elle avait des seins de guerrière, c'était du moins l'idée que je m'en faisais, lourds et fermes à la fois, presque noirs au milieu.

Je lui posais des questions sur des sujets précis, et comment ça lui faisait quand elle sentait qu'elle avait envie, quand elle mouillait, et comment elle suçait. Elle prenait le temps d'y réfléchir, répondait très sérieusement, de son mieux. Des questions pour établir des comparaisons et apprendre des choses que je n'avais jamais posées à aucune fille, par peur de me faire démasquer, par manque d'intérêt pour le sujet.

Elle a fini par se lever, s'étirer et déclarer :

— Tu te fous de moi, ça fait plus de deux heures qu'on parle que de ça alors que t'en parlais jamais, et tu veux me faire croire que tu marches toute seule à l'écart depuis qu'on te voit plus ? T'as confiance en personne, toi...

Enjambé la baignoire, puis on a passé pas mal de temps sur le lit, en attendant qu'on sèche, elle était sur le ventre comme on se met au soleil, la tête tournée vers moi, reposant sur ses bras. Moi, sur le dos, je roulais de nouveaux spliffs, elle parlait d'elle et d'un garçon gentil, elle disait :

— Elle me plaît cette idée de petite maison avec lui... Mais j'y arriverai jamais. J'aimerais bien. Mais je suis pas comme ça, et je le rendrais toujours triste. Je fais pas de bien aux garçons, je sais pas faire.

Et comme il était déjà tard, on a fini par s'habiller, on allait chez Mathieu, ils avaient tous leurs papiers maintenant et ils faisaient une party d'au revoir.

Elle s'inquiétait :

— T'as jamais été toute seule, ça va te faire bizarre de te retrouver sans Guillaume...

22 h 00

Julien mettait des disques, l'assurance bonhomme de celui qui sait ce qui s'écoute à quel
moment. Il était assez brillant pour ça.

Guillaume m'a attrapée par le bras, prodigue
en réflexions comme celles que j'aimais bien.
Mais je ne sentais plus rien, je le sentais vain
et loin.

Décalage. Parce que tout le monde m'était
familier, et me traitait comme telle. Mais je n'étais
contente de voir personne. Je m'en foutais de
tous ces gens. Je trouvais leur connivence fatiguée,
presque simulée. Pas bien grave, juste désagréable. Et pas moyen de savoir si c'était mon
regard qui déformait, ou bien le temps en passant
qui bousillait tout ce qu'il touchait.

Je savais très bien qui je voulais voir, avec
qui je devais être.

J'ai repéré Mathieu à l'écart, tout seul debout vers sa fenêtre, qui sirotait son verre en observant tout le monde. Je suis allée le voir, j'ai essayé d'être bon esprit :

— C'est cool, tout le monde est venu.

— Ouais ! Je suis bien content de partir.

— Sans regrets ?

— T'es folle, j'ai trop d'avenir.

Il faisait danser ses épaules, distraitement, comme il l'avait toujours fait. Je suis restée à côté de lui sans rien dire, à regarder les gens. J'étais parfaitement hors jeu.

Mireille a réussi une entrée brillante, très égérique. Comme à son habitude elle a fait monter la tension d'un cran, agacé l'atmosphère. Elle était tout de suite entourée, virevoltante, Scarlett dégénérée, qui tournerait à la drogue dure. Ses yeux avaient un éclat que j'identifiais assez bien à présent : l'éclat glorieux de celle qui vient de s'en prendre un fameux coup.

Elle m'a gratifiée d'un tonitruant bonjour, parce que j'étais dans son secret, son monde intime, la seule à savoir que Victor était chez elle. Nous avons échangé quelques mots, parlé de n'importe quoi sauf de lui, et nous ne pensions qu'à ça. Je regardais sa bouche pendant qu'elle débitait, je connaissais bien la langue qui s'y était fourrée. Est-ce qu'elle aussi aimait qu'il la divine par-derrière, est-ce qu'elle léchait ses doigts avec avidité ? Est-ce qu'ils faisaient ça pareil tous les deux, comment se tordait-elle quand il l'extravaguait ?

Quelques personnes s'étaient mises à danser, il faisait suffisamment raide pour ça.

L'alcool aidant, la soirée prenait de la gueule, le mouvement se créait.

Sans moi, qui pourtant faisais quelques efforts, peine perdue. Je ne savais ni comment me tenir, ni quoi dire à qui, ni même à quel moment rire de quoi. Aucun groove dans la repartie.

J'ai attendu que Mireille aille folâtrer plus loin, puis je me suis isolée dans la salle de bains avec le téléphone. J'avais déjà vu des filles faire ça, bouillir en silence, puis ne plus y tenir et se foutre dans un coin, combiné à l'oreille, pour appeler leur bonhomme. Et ça m'avait toujours semblé décidément grotesque.

— Je te réveille ?

— Non… Tu passes ?

— Maintenant ?

— Si t'appelles, c'est que t'as envie de passer, sinon à l'heure qu'il est tu serais en train de rigoler avec tes copains. Je t'attends ?

— Ouais, mais si Mireille…

— Arrête de discuter, Louise. Je deviens fou à force d'être enfermé ici. On va faire des trucs, en général ça me fait du bien.

Je trouvais ça bien, qu'il me parle toujours comme il le fallait.

J'ai vérifié que Mireille était en plein numéro, elle retrouvait tout le monde et un tas de choses à leur dire, quelques renseignements à prendre aussi.

Et je suis sortie sans rien dire.

En descendant les escaliers j'entendais les bruits s'éloigner, cette soirée m'avait massacré l'humeur. Il ne s'était rien passé, sauf que j'avais basculé dedans.

23 h 55

J'étais triste, comme remplie de pierres, des pierres bien anguleuses qui me brasseraient sévère.

Je m'étais trop vite imaginé que de le faire avec Victor m'avait dénouée une fois pour toutes, que j'étais à l'abri de tout ça.

Maintenant que la Reine-Mère m'avait dit qu'elle m'avait fait surveiller, ça me tournait dans la tête. Et je les sentais, les yeux, le poids d'un regard désapprobateur, menaçant et mordant, qui me suivait bien partout. Je sentais les trous noirs des allées qui me voulaient du mal et les fenêtres allumées, penchées sur moi, me vriller le crâne. Et c'était autour de moi, étreinte maléfique, un murmure sourd alentour, chuintement haineux, ça m'attendait tapi dans l'ombre. Je retrouvais de bonnes vieilles connaissances, amplifiées, victorieuses, tordeuses de gorge, qui tendaient leurs toiles au creux du ventre, et viciaient l'air, doucement, et c'était dans ma bouche aussi, sale goût.

Et au lieu d'avoir pris des forces pendant les quelques jours d'accalmie précédents, je me sentais dedans plus pitoyable que jamais, comme incapable de supporter ça davantage, frayeur stupide roulant à toute vitesse, prenant de l'ampleur d'un bumper à l'autre, impitoyable et enclenchée.

Il n'y avait que cinq minutes à faire de chez Mathieu à chez Mireille, et je pressais le pas, mais je sentais l'œil derrière moi et dessus, maléfique, qui me surveillait, et quoi que je fasse, impitoyable, m'attendait, puisque, quoi que je fasse, il finirait par me grignoter tout entière.

Je rentrais-sortais les mains de mes poches, peur panique et pas extirpable, à part tourner la tête de droite à gauche et marcher le plus vite possible.

Victor a fait monter les volets, je me suis glissée à l'intérieur.

Point culminant de l'effroi, quand j'ai réalisé qu'il n'y pouvait rien, qu'il était aussi loin que les autres et je n'avais pas envie de la chose avec lui, il ne pouvait rien pour moi, et ça ne servait à rien.

Ses mains se sont agacées le long de moi, en me sentant distante et agitée, il n'a pas enlevé ma robe, il n'a pas attendu que je démarre et que j'aie vraiment envie, il est venu dedans tout de suite, j'étais appuyée contre le canapé et tout le début j'étais ailleurs, parce que je n'y croyais pas, il ne pouvait rien pour moi, et ce sale truc dedans tournait de plus en plus fort, gagnait en vigueur et ne me laisserait plus tranquille.

Et puis c'était fini, à un instant précis que je n'ai pas senti venir, il avait chassé le truc, rentrait-sortait, furieusement, miraculeusement, cherchait le fond et me creusait, faisait la peau au sale truc, le faisait taire dedans, et me prenait, me ramenait à lui, et je n'entendais plus rien que moi qui respirais et du plaisir montant, mon corps bien soulagé, loin des yeux et des pierres, mon corps qui lui appartenait. Encore, et je ne savais pas quand ça avait basculé, mais il était vainqueur, en était venu à bout. Et serrée contre lui je voulais juste dormir, je me sentais apaisée, même pas irritée à l'idée de me relever bientôt, de rentrer chez moi à pied. La grande peur bien passée, les entrailles accordées. Moi tout entière reposée, soulagée. Infiniment reconnaissante.

Il a demandé :

— Mireille m'a dit que ton frère partait demain, pourquoi tu me l'as pas dit ?

— Pas pensé.

— Je vais pouvoir venir chez toi alors ?

— T'es pas bien ici ?

— Non, je suis pas bien, je vais devenir dingue. Je suis enfermé là tout le temps, t'imagines comment ça fait ? Et j'ai aucune raison d'être avec Mireille, et pas envie de faire des efforts. Je veux être avec toi, tout le temps, au moins quand on baise j'ai l'impression de prendre l'air.

— Tu peux pas venir chez moi, réfléchis... Mireille, si tu pars d'ici, elle viendra tout de suite me voir, et je peux pas ne pas lui ouvrir. Et si elle se doute, elle va mettre un bordel incroyable. Et elle aura raison d'ailleurs.

— Faut que tu la retrouves, Louise, je vais devenir fou sinon.

Je n'ai même pas demandé de qui il parlait. J'ai trouvé ça marrant, qu'il choisisse ce soir-là pour en parler cash pour la première fois. Son instinct, putain de lui, qui lui donnait les bons conseils.

On l'a fait une deuxième fois, et il était sur moi, ses deux mains derrière ma nuque, me piochait tout doucement et je bougeais mon cul en même temps que lui, ses yeux rivés aux miens et je partais en arrière, je me gorgeais de lui et le truc montait, croissait dans l'air autour, je l'ai senti se tendre, et le truc dedans s'est répandu, généreusement, ça me faisait une grande détente, apaisement de fond.

Je me suis dégagée de lui juste après, tendu la main vers mon sac et lui ai donné la disquette, parce que ça ne servait à rien d'attendre plus longtemps, que je n'en avais même pas le droit.

J'ai répondu à toutes ses questions sur ma rencontre avec la Reine-Mère, rapporté tout ce qu'elle m'avait dit. Il a demandé :

— Pourquoi tu ne me l'as pas dit en arrivant ?

— Parce que la Reine-Mère a toujours veillé sur moi, et que pour la première fois qu'elle me demande quelque chose, je lui crache à la gueule. Parce que j'ai peur que maintenant tu partes sans moi et j'imagine vaguement ce que ça va me faire.

Il a écarté ça d'un mouvement du menton :

— Arrête de divaguer, je vais pas te laisser derrière, ça va être vraiment bien une fois qu'on sera ailleurs et qu'on pourra être dehors ensemble, en plus on va avoir de la tune, il faudra un moment avant d'en venir à bout…

— Tu vas la vendre à qui ?

— Demande pas ça, t'en as rien à foutre. Mais c'est de la bombe ce truc, t'imagines même pas... La vieille, elle s'est pas rendu compte de ce qu'elle avait entre les pattes... Te bile pas pour elle, de toute façon elle fait sous elle, elle est plus dedans, je t'assure, ça sera pas de ta faute s'il lui arrive malheur, surtout t'en fais pas...

Et ça m'a fait rire. Je voyais très bien ce que ça avait de sordide, ce qu'on était en train de faire. Je l'oubliais sans effort, à peine la main posée sur lui tout allait bien et je rigolais.

Mais j'ai quand même retrouvé mes réflexes, quand il a questionné sur Sonia et la troisième disquette, j'ai répondu :

— Je sais pas où on peut la trouver, elle habite n'importe où cette fille, elle ne passe jamais deux nuits au même endroit.

— Tu crois que tu peux mettre la main dessus ?

— Je vais faire de mon mieux, mais Sonia m'aime pas trop, elle se méfie de moi, je sais pas pourquoi. En tout cas, je ferai de mon mieux.

Victor était contrarié à cause de ce point de détail. Mais jubilait quand même furieusement, parce qu'il avait vu plus juste encore que prévu, en venant vers moi. Parce qu'il touchait au but.

Pendant qu'il roulait un dernier spliff, j'ai fouillé dans les affaires de Mireille pour lui emprunter un blouson parce qu'il caillait à fond dehors. Et je suis passée par la salle de bains pour me coiffer, je faisais toujours attention à ne pas laisser des cheveux à moi sur sa brosse. Je ne me dépêchais pas, puisqu'on était tous les deux habillés, même si elle débarquait tout aurait l'air normal. Et j'ai souri en me regardant dans la glace, à part mes yeux, parce que ça leur donnait le même éclat qu'aux siens. Agrandis, éclaircis, scintillants. Il y avait des épingles à elle qui traînaient sur le bord de l'évier, machinalement je me suis fait un chignon, j'ai trouvé que ça m'allait bien, un air assez distingué, le cou long et fin.

On a fumé le spliff, Victor était rudement content. Moi pareil, parce qu'il ne parlait que de comment ça allait être dès qu'on aurait la troisième disquette. Et c'étaient de chouettes histoires, des promesses égayantes. J'avais du mal à croire que tout ce bonheur allait me tomber dessus comme ça, ajouté au bien qu'il m'avait déjà fait. Mais je me faisais à l'idée, je perdais de la méfiance.

2 h 00

Nuit noire, escaliers de la rue Diderot, Saïd et Macéo montaient quand je m'y suis engagée. J'ai souri en arrivant à leur hauteur, demandé :

— Qu'est-ce que tu fous dehors à cette heure-ci ?

— Je dors plus.

— T'as qu'à rester chez toi et lire.

Il avait l'air fatigué pourtant, et le sourire âpre. Il évitait de me regarder, comme s'il avait honte d'être surpris en flagrant délit d'insomnie, j'ai proposé :

— J'ai pas sommeil non plus, j'ai pas envie de rentrer. On fait un tour ensemble ?

Les premiers pas ont été silencieux, empreints d'une gêne légère, mais petit à petit on s'est lancés dans une véritable visite du quartier, escalier par escalier, palier par palier...

— Je me souviens de cette cave, on avait déchargé tout un camion de lessive là-dedans, on était encore minots, je sais pas ce qu'on croyait, qu'on allait la refourguer ou je sais pas quoi... Tout un camion de lessive, c'était la cave du grand Moustaf, tu te souviens de lui ?

— Je vois pas, non...

— Beau gosse, grand, avec une moustache, il attrapait la femme du boucher, un jour il a failli se faire lyncher devant tout le monde.

— Bien sûr que je me souviens, il buvait plein de vin lui, et ça lui mettait la folie...

Et on s'est mis à sillonner les pentes, pris d'une fureur nostalgique, en montrant toutes les fenêtres :

— Tu te rappelles au cinquième la fille qui habitait ?

— C'était un vrai squatt chez elle, je me rappelle bien. Elle avait des francs celle-là, je me rappelle une fête chez elle, elle avait mis la cocaïne dans des bols.

— M'étonne qu'elle avait des francs, je me souviens ses parents ils travaillaient au *Monde* tous les deux.

— Elle s'est mis une balle ensuite, elle...

— Je me rappelle, mais elle était givrée d'origine, elle, ça m'avait pas étonné.

On a marché comme ça pendant trois heures, sans même s'en rendre compte, le chien reniflait les murs inlassablement.

Et pour la première fois depuis des jours, j'ai senti que j'avais habité là, et qu'on avait perdu.

Plus rien, cette ville appartenait maintenant à d'autres gens.

Et elle se laissait faire et ouvrait ses maisons, pour d'autres. Lascive et consentante, toujours. Offerte au plus offrant.

Je continuais de la trouver belle. Mais maintenant vraiment triste. Comme si je retrouvais la femme que j'aime sur la table de la cuisine, couchée sur le dos et les cuisses grandes ouvertes, à se faire besogner par n'importe qui. Ni franchement participante ni franchement récalcitrante. Et toujours aussi belle. Quelque chose de fini.

À ce moment précis j'ai regardé Saïd, insondablement triste, désolé et perdu. Et je n'avais rien pour lui, pas un seul mot de réconfort, pas un seul mensonge égayant.

Finalement, on était rue Pierre-Blanc, on a rien trouvé à se dire devant L'Arcade. Les décombres n'avaient pas été déblayés. Sur le mur de côté, il restait des morceaux intacts du graff à Saïd : « Fake » et « More », couleurs passées.

Macéo est allé faire un tour dedans, et Saïd l'a rappelé parce qu'il risquait de se blesser.

Ça a mis une conclusion à la balade.

J'ai regardé la fenêtre de chez Mathieu, encore de la lumière, j'ai proposé qu'on y passe, mais je n'en avais guère envie et lui non plus.

La nuit se faisait plus grise, début de jour. J'ai proposé :

— Je te raccompagne en bas de chez toi ?

Il tenait à rentrer avant que Laure ne parte travailler. Il répétait d'un air inquiet qu'il lui faisait du mal. Mais ces temps-ci la maison était trop petite et il ne pouvait pas rester tout le temps là-bas. Il n'y avait pas pensé de la nuit, mais maintenant que ça lui revenait, ça lui tirait les traits d'un coup. Il était coupable et désolé.

En bas de chez lui on a fumé une dernière clope. Et quand on s'est dit au revoir on s'est serrés l'un contre l'autre. On est restés dans les bras l'un de l'autre, comme des membres de la même famille éplorés par la même perte.

Macéo, qui attendait devant la porte depuis qu'on était arrivé en bas, s'est mis à aboyer, parce qu'il en avait marre.

On s'est écartés, souhaité la bonne journée et séparés.

6 h 00

Il faisait début de jour quand je suis rentrée. En quittant mes chaussures je me suis rendu compte que j'avais attrapé des cloques specta-culaires aux chevilles. La balade avec Saïd. Je me suis couchée tout de suite.

Guillaume, s'est relevé quand il m'a entendue, est venu s'asseoir au bord de mon lit, décon-certé :

— Pourquoi t'es partie comme ça ? T'as pré-venu personne.

— J'étais mal là-bas, je suis allée faire un tour.

— Jusqu'à maintenant ?

— Ouais, j'ai fait un grand tour, j'ai croisé Saïd, on a fait toutes les pentes, je me suis défoncé les talons.

— Mathieu a pas compris que tu lui dises pas au revoir, personne a compris. Moi, j'étais inquiet même.

— Tu seras inquiet demain dans l'avion ?

— Bien sûr… On n'a jamais été séparés plus de quinze jours, ça fera bizarre quand même… Tu nous accompagnes demain à l'aéroport ? Julien nous emmène en voiture.

— C'est à quelle heure ?

— On décolle à 13 heures, faut y être à 11 heures.

— Désolée, je ne pourrai pas.

C'était l'heure où Mireille travaillait, je n'ai pas hésité, pas même pour la forme.

Penaud, il a hésité avant de se lever et de regagner sa chambre, attendant que j'ajoute quelque chose. En entendant sa porte se refermer, j'ai pensé à me lever pour le rejoindre et lui expliquer un peu ce que j'avais en ce moment, m'excuser pour la veille, lui souhaiter bon voyage. Le rejoindre et faire comprendre : « J'en ai pas rien à foutre. »

Mais je me suis endormie. Je n'en avais rien à foutre.

J'avais qu'un truc en tête, un seul truc qui comptait.

La voisine, pour la première fois depuis des jours, ne nous a pas réveillés avec une nouvelle formule de crise.

C'est sa mère qui l'a retrouvée quelques jours plus tard, a forcé la porte, inquiète de ce qu'elle n'avait plus aucune nouvelle. Et l'a retrouvée pendue, juste au-dessus du matelas.

Je me suis dit que c'était une drôle de mort pour une fille, on les imagine plutôt se résoudre aux cachets ou se passer les poignets au rasoir.

11 h 45

J'avais mal aux chevilles, à chaque pas, ça déchirait. Cloques aux talons, là où frotte la chaussure. Pénible la veille, insupportable ce matin-là. J'ai rejoint la porte-fenêtre de chez Mireille à pas pénibles et lents.

Victor se tenait toujours un peu à l'écart quand les volets remontaient. En voyant les pieds de Mireille apparaître ce matin-là, j'ai d'abord pensé qu'elle avait tellement bu la veille qu'elle n'était pas allée travailler. Déception.

Puis les volets lui ont découvert le visage, et elle était en larmes.

Je suis rentrée, la porte de la salle de bains était ouverte, la pièce vide. Mireille n'a pas refermé les volets. Quelque temps que je n'avais pas vu cette pièce éclairée par la lumière du jour. C'était comme de dire : « Regarde, il n'y est plus. »

Elle pleurait depuis un bout de temps, ça se voyait bien aux yeux, il fallait des heures pour les faire gonfler à ce point. Victor ne lui avait rien assené nous concernant, ça se voyait à sa façon de se fourrer dans mes bras pour sangloter encore.

J'étais tellement absorbée par mon devoir de réserve que tout le temps où j'étais avec elle j'avais l'esprit bridé, l'émotion bloquée net.

Elle a raconté :

— Je suis rentrée tôt ce matin, mais lui ne dormait pas encore. Il était en pleine forme. Je lui ai même demandé si tu ne lui avais pas amené de la coco… comme tu avais disparu hier soir… J'ai fait un thé, j'ai roulé un spliff, on a discuté… Et brusquement, il s'est pris un coup de speed, sans raison.

Elle était assise dans le canapé, bras croisés, affaissée sur elle-même. Elle débitait son affaire mécaniquement, du bout des lèvres, regard fixe sur ses genoux.

— Il a rassemblé ses affaires, je lui ai demandé ce qu'il faisait. Il était calme, mais c'était un calme étrange, un calme qui faisait peur, une sorte de détermination froide et il me détestait. Il m'a répondu qu'il partait, et j'ai dit que c'était de la folie, qu'il allait se faire prendre. Il a répondu que moi je pouvais aller me faire foutre. J'ai essayé de l'empêcher de sortir, physiquement, et ça l'a rendu fou, il s'est mis à me cogner, mais il ne s'énervait pas, il me mettait des claques, sans s'énerver, dès que je relevais la tête, des claques de plus en plus fort. Jusqu'à ce que je ne bouge plus, j'étais par terre, recroquevillée dans un coin. Il a arrêté de me cogner, il a dit : « C'est bon maintenant, t'as eu ton compte, je peux y aller ? » En se barrant, il a ajouté que je ferais mieux de l'oublier vite, parce que lui ne voulait plus jamais me revoir. Et il montrait la rue en disant : « Je préfère me faire tuer que rester une minute de plus dans cette putain de maison à voir ta putain de gueule. Essaie de pas l'oublier une nouvelle fois, parce que la prochaine fois que je suis obligé de te toucher, après je te tranche la gorge. Et j'espère que cette fois c'est clair. » Il est devenu fou... Il ne peut pas sortir comme ça, il va se faire tuer...

Elle a arrêté de parler pour se mettre à pleurer, elle n'avait pas l'air de bien savoir si c'était à cause de ce qu'il avait dit, ou parce qu'il était parti, ou parce qu'il était en danger.

Elle répétait :

— Il est devenu fou, il va se faire tuer...

J'ai demandé :

— C'était vers quelle heure ?

— Y a pas deux heures de ça... Moi, je suis rentrée vers 5 heures ce matin, et jusqu'à 10 heures environ c'était cool entre nous, il allait bien. Mais ensuite il est devenu fou, il parlait même de toi...

Elle a dit ça en écartant les bras, en signe d'impuissance, comme si c'était vraiment une preuve de folie furieuse de penser à parler de moi dans ces moments-là. J'ai eu l'air de partager cet avis, de trouver ça tout à fait étonnant. Je raisonnais bien plus vite qu'à mon habitude. Gardé le contrôle, questionné calmement, un ton très détaché :

— Qu'est-ce qu'il disait sur moi ?

— Quand il voulait partir et que je le retenais, il m'a dit : « Et tu pourras dire de ma part à ta copine la pute qu'elle peut aller se faire enculer elle aussi, qu'on me prend pas pour un con et qu'elle a mal joué. » Et en disant ça il avait l'air encore plus furieux que pour le reste.

Solide déflagration, j'ai perdu quelques points d'impassibilité. Mireille a dû mettre ça sur le compte de l'étonnement, parce que ça l'avait drôlement étonnée. Ça lui alimentait la version « il est devenu fou », d'ailleurs, elle s'est mise à répéter ça en hochant la tête :

— Complètement fou.

Ça t'arrange de croire ça, t'as bien de la chance de savoir te mentir comme ça, parce que t'as tous les éléments pour comprendre, depuis un moment, mais ça t'arrange de pas savoir, de rien voir.

Alchimie interne, l'angoisse naissante liée à la disparition de Victor se convertissait spontanément en colère contre Mireille.

Je suis néanmoins restée fidèle au ton embêté de l'amie qui cherche à bien comprendre :

— Tu te souviens de ce que tu lui as dit juste avant ?

— Rien de spécial... je racontais la soirée, je lui donnais des nouvelles, je me souviens même pas, rien de particulier en tout cas...

— Mais tu lui donnais des nouvelles de qui ?

— De tout le monde... de Cathy et Roberta, que tout le monde se foutait d'elles parce qu'elles étaient passées si facilement chez Mme Cheung, de Guillaume, qui se faisait du souci pour toi. J'ai parlé avec tout le monde dans cette soirée, je lui racontais ce qu'on m'avait dit... Je lui ai parlé de Sonia, parce que j'étais restée longtemps avec elle, et elle m'avait raconté l'après-midi que vous veniez de passer ensemble, que c'était bien, je lui ai parlé de Julien, qui a fini par faire du stage-dive sur Bad Brains en partant du sofa...

Sale petite conne merdique.

Brouhaha dans mon crâne, trop vite, trop près, trop fort. Succédant au chaos où je ne comprenais rien, venait le chaos où je me mettais à comprendre à toute vitesse. J'ai laissé Mireille parler encore un peu, en décidant quoi faire. Puis je lui ai demandé, de moins en moins patiente :

— Qu'est-ce qu'elle t'avait dit Sonia ?

— Que vous étiez aux Brotteaux ensemble, que vous aviez passé l'après-midi à prendre un bain ensemble, en discutant, qu'elle te connaissait depuis super longtemps, qu'elle t'aimait bien.

Elle a souri à travers ses larmes, pour la première fois depuis que j'étais arrivée, et m'a dit sur un ton d'excuse :

— Mais je ne pense pas que ça soit ce qui a mis Victor dans cet état…

— Je crois pas non plus, non…

Pauvre pute, qu'est-ce que t'avais besoin d'écarter ton cul et t'es contente maintenant, contente du résultat, tu pouvais pas la fermer ta sale gueule de putain ?

Elle s'était remise à pleurer et je lui palpais l'épaule, j'avais la tête tout à fait ailleurs et drôlement agitée.

Il était parti aux Brotteaux, il fallait que je le voie, que je lui explique. Maintenant. C'était très difficile d'expliquer à Mireille que j'avais un truc à faire, que je la verrais plus tard, je me suis creusé le crâne à la recherche d'une bonne excuse. Je me suis souvenue :

— Je suis désolée, Mireille, j'ai promis à Guillaume de l'accompagner à l'aéroport. Il faut que j'y aille. Je repasserai te voir dans l'après-midi, tu seras là ?

— Je pense, oui... Mais je croyais que Guillaume partait à 11 heures ?

Sale garce, tu perds pas tant le nord que ça.

— Alors je peux pas te dire où je vais, parce que j'ai pas le temps de t'expliquer, mais je vais te laisser et je te jure que je repasse tout à l'heure.

— Tu repasseras, sûr ?

Bien sûr que je repasserai, mais j'espère que ça sera pour te raconter une bonne grosse connerie pour expliquer que je quitte la ville en catastrophe.

Et elle a levé sur moi des yeux d'enfant suppliant :

— Tu crois que tu vas le ramener ?

C'est ça, et puis viens me téter le sein, tu vas voir s'il y a du lait...

— Je pense pas. J'y comprends rien non plus, je suis désolée pour toi.

13 h 00

Lancer-fracassement d'émotions à travers moi, rien de bien supportable.

J'avais rejoint le quartier des Brotteaux en métro, en quelques minutes, les chevilles en sang à cause des ampoules éclatées de la veille, mais je sentais à peine cette douleur-là, elle ne me préoccupait pas.

J'aurais été incapable de dire pourquoi je devais me rendre chez Sonia aussi vite… J'ai frappé à sa porte, silence à l'intérieur, j'ai ouvert quand même. Elle était debout face à la porte, flingue à la main, bien en main, tenait Victor en joue, assis sur le lit. Ils devaient être en train de parler, se tenaient comme si ça faisait un moment qu'ils en étaient là.

Temps d'arrêt. Au juste, qu'est-ce que je faisais maintenant ? Le canon du *gun* noir rutilant avait une présence bien palpable, s'imposait au centre de la pièce. Les choses se faisaient en fonction de lui, et j'ai été soulagée de sentir qu'il ne se dirigeait pas vers moi. Victor ne lui avait rien dit.

C'était surprenant de le voir dans cette pièce, en plein jour, ailleurs que dans le seul espace que je lui connaissais. Coup d'œil vers lui, très vite, et tout s'est remis en place, je savais ce que j'étais venue faire là.

Alors, les choses se sont faites sans moi. La même sensation que monter sur scène pour la première fois, connaître suffisamment son rôle pour s'en tirer quand même, mais sans y être.

Je me suis tournée vers Sonia, puisque c'était la seule personne que j'étais censée connaître, et j'ai dit sans me forcer pour prendre l'air paniqué :

— Je sais pas ce qui t'arrive, mais ça tombe mal, parce qu'elle a besoin de toi tout de suite.

Et le désignant du menton :

— C'est un client ?

— Louise, je te présente Victor. J'en connais une qui va être contente de le voir.

Elle ne le quittait pas des yeux, prenait un plaisir évident à le haïr tout son soûl. Je cherchais quoi dire, j'ai haussé les épaules :

— Va falloir qu'on le laisse là, on peut pas l'emmener. Je crois que c'est urgent, y a un problème, elle vient juste d'appeler. Elle a dit que t'avais un truc à prendre. Est-ce que t'as un deuxième flingue ? Je m'occupe de lui, qu'il bouge pas, tu te prépares et tu te dépêches parce que je crois bien qu'il y a grosse urgence... On l'attachera lui, il peut bien attendre qu'elle passe le chercher.

À l'instant où j'ai prétendu qu'il y avait urgence du côté de la Reine-Mère, Sonia s'est désintéressée de Victor, elle m'a fait signe de la rejoindre en grommelant :

— J'ai pas d'autre *gun*, prends celui-là. Et s'il bouge, t'hésites pas, souviens-toi bien de qui il s'agit, de toute façon on n'a peut-être pas de temps à perdre à l'attacher si ça speede... D'abord, prends ça, je me prépare et on...

Elle est restée les yeux sur lui, a attendu que je sois à côté d'elle pour me glisser le flingue dans la main, qu'il ne quitte pas sa direction, j'ai pris sa place, elle a fini sa première phrase :

— ... verra ce qu'on fait de lui. Sinon...

Mais pas la deuxième, parce que j'ai tiré, un geste d'automate, je me suis tournée tout entière vers elle, le buste, les jambes, la tête, tout entière, levé le bras, tendu, et j'ai tiré dans sa figure. J'ai vu ses yeux, pas le temps de comprendre ce que je foutais, trou à la place du nez. Elle n'est pas tombée tout de suite, le temps de bien me regarder, en se demandant ce qui m'avait pris. A fait quelques pas dans ma direction, sa figure ne ressemblait plus à grand-chose. Je suis restée tout à fait immobile, j'aurais pu rester comme ça très longtemps, à me demander si je l'avais vraiment fait, et même où est-ce que j'étais. Je me souviens de ça, d'un moment de vrai décalage, débranchement et apesanteur. Il m'a fallu faire un réel effort de concentration pour remettre les choses en place, du moment où j'avais frappé à la porte, jusqu'au moment où j'avais tiré.

Victor s'est précipité sur elle, au moment où elle s'effondrait, l'a poussée pour qu'elle tombe sur le lit, que ça ne fasse pas trop de bruit. Je n'avais pas encore bougé. Il m'a pris le *gun* des mains, a posé un oreiller sur sa tête et a tiré trois fois encore. Puis a soulevé l'oreiller pour s'assurer que dessous elle ne ressemblait plus à rien. Méticuleux, précis et efficace.

Il s'est redressé, a juré :

— Putain, ça a fait un boucan de la mort, pourvu qu'ils ne montent pas.

Il a jeté un œil sur la porte avec inquiétude, a poussé Sonia pour tirer les couvertures sous elle et l'en recouvrir. L'oreiller ne cachait plus sa tête, je la regardais fixement, dévisagée et uniformément rouge, sauf des dents plutôt roses. Quatre balles dans la tête, elle pissait le sang.

Puis elle était sous les couvertures, et Victor à la porte écoutait pour voir si quelqu'un venait.

Il faisait les choses avec un grand sang-froid. Puis s'adressant à moi :

— Et tu sais où elle l'a mise ?

— Derrière la grille de la clim, juste à côté du lit.

J'avais la voix blanche, une toute petite voix monocorde, misérable et blanche.

Rassuré parce que personne ne montait, il est revenu vers le lit, a cherché la plaque des yeux, puis est tombé à genoux devant, l'a arrachée et en a extirpé le petit paquet carré.

Il l'a pris dans ses mains, a fermé les yeux en soufflant.

J'étais toujours au même endroit. Mais je n'étais pas encore revenue, pas encore vraiment là.

Enfin, il s'est tourné vers moi :

— Tu as vu Mireille ?

— Je suis venue te voir ce matin...

— Je me demande un peu comment ça se serait passé, si t'étais pas arrivée. Félicitations, t'as fait ça putain de bien... Tu voudras une part sur la vente ?

Je me suis mise à regarder à droite, à gauche, en bas, sans bouger la tête. Je ne savais pas bien à quoi cette mimique correspondait, c'est simplement ce que je faisais. Regarder partout à toute vitesse, sauf lui.

Est-ce que je ne venais pas de faire tout comme il fallait, pour que ça continue comme avant ?

Alors pourquoi est-ce que tout ne se passe pas comme il faut ? Pourquoi est-ce qu'il ne vient pas contre moi ?

J'ai expliqué, sans arrêter de bouger les yeux et pas la tête, comme une débile qui se prendrait pour une grosse mouche :

— Tu ne peux pas m'en vouloir vraiment de ne pas t'avoir dit hier que je connaissais bien Sonia et que je pouvais sûrement…

— C'était putain d'important pour moi. Et tu le savais bien. Tu pouvais pas me faire ça. Ce que t'as fait.

Alors je l'ai regardé, pour vérifier ce que j'entendais, le ton de la décision bien prise, et je l'ai vu comme je l'entendais : très loin, tout à fait hostile. Étranger.

— Me laisse pas, je t'en supplie, me laisse pas…

Une fois qu'ils étaient sortis, ces putains de mots ne m'ont plus quittée, je me suis mise à répéter ça, et je ne m'arrêtais plus.

Il m'a laissée faire longtemps, je l'ennuyais prodigieusement.

Finalement, il est venu contre moi. Et je me jetais sur lui et il n'était pas là. Je pouvais bien sentir ça, parce que je me souvenais bien de ce que ça faisait quand il me collait contre lui et me voulait vraiment.

Il a répété une nouvelle fois, et ça avait l'air de le rendre triste, lui aussi, mais il était trop tard :

— Tu ne pouvais pas me faire ça.

Puis il m'a conduite vers la salle de bains, me prenant par la taille, m'a mise devant l'évier. Se tenant derrière moi, il me regardait dans la glace. Il m'a prise par les hanches, embrassée dans le cou, gardant les yeux rivés aux miens dans le reflet du miroir. J'avais les mains crispées sur le bord du lavabo, je disais que je le voulais et il est venu dedans, gardé son pantalon, juste baissé sa braguette, mon fute à moi était baissé aux chevilles, m'empêchait de me mettre exactement comme je voulais, je bougeais mécaniquement, et ça l'a fait encore, démarré, et je le sentais qui me revenait, m'empoignait avec plus de force, et me cherchait, me trouvait, me faisait le truc, effaçait tout, et ses mains agrippaient mes cheveux et il venait plus loin. Ça n'a pas duré très longtemps, je l'ai senti se répandre dedans et il est resté collé contre moi, ses ongles s'enfonçaient dans mes hanches, comme s'il cherchait à me casser.

On ne parlait pas, on est restés tout l'après-midi dans cette salle de bains à le faire sur le carrelage, contre la baignoire, contre le mur, à buter l'un contre l'autre, à se chercher de partout et à le faire encore et je savais que Sonia était à côté, petit à petit je réalisais bien tout ce qui s'était passé. Et on est restés des heures à grimper aux murs, à se cogner aux carrelages, à s'empoigner dans tous les sens. Et ça me faisait du bien, et je lui mangeais les doigts, et je le sentais partout. Je ne voulais que lui, lui seul m'était réel.

Il a fini par parler, me caressait les cheveux, il a dit :

— On va y aller maintenant... Tu fais couler un bain ? Ça nous fera du bien, après on y va, O.K. ?

Il est passé à côté, j'ai fait couler de l'eau ça m'a pris du temps pour qu'elle soit chaude comme il fallait. J'étais sonnée, pas vraiment là. Je me sentais bien, en même temps que complètement assommée.

Je me suis assise au bord de la baignoire.

Sonia, inerte, sa tête criblée de balles, son corps sans résistance quand il l'avait recouverte.

Mais ça valait la peine. C'était ce qu'il fallait faire.

Parce que tant que tu es avec moi, tous ces gens tellement loin, ça ne me fait pas peur, parce que tant que tu es avec moi...

Et j'ai seulement compris qu'il n'était plus à côté.

Je l'ai appelé doucement :
— Victor ?
Parce que peut-être j'imaginais de sales trucs et je me faisais des idées. Et j'ai appelé plus fort :
— Victor ?
Mais je savais bien qu'il n'était plus là, il était parti tout de suite en sortant de la salle de bains et s'était dépêché dans les escaliers de service, dépêché dans la rue pour être sûr de me semer.

22 h 55

Je suis restée dans la salle de bains, assise au bord de la baignoire. Je me tenais droite et immobile, mes mains serraient l'émail, convulsivement.

J'attendais, parce que j'espérais qu'il ferait demi-tour et reviendrait me chercher. Confusément, sans même l'admettre. Il allait changer d'avis. Et revenir. J'attendais là parce que je ne voulais pas comprendre. Ni rien admettre.

Quand on a frappé à la porte de la chambre, j'ai d'abord cru que c'était lui, c'est l'idée qui m'est venue et je me suis secouée, redressée, mise en émoi.

Sauf qu'il ne frapperait pas. Aucune raison pour ça.

On a frappé à la porte une seconde fois et je suis vraiment revenue, les choses dégringolaient et me reconnectaient avec de la pensée, rien que de la sale pensée bien brusquée par la peur. Je me suis levée, cœur cognant et voix mal assurée :

— Qu'est-ce qu'il y a ?

Alors j'ai senti mes chevilles. Le simple fait d'être debout m'était intolérable.

— Sonia ? Sonia, c'est moi, nous avions rendez-vous...

Soulagement brusque, à se chier dessous, ça n'était qu'un client, le moment n'était pas encore venu pour moi de répondre de mes actes. Coup d'œil au lit, le sang avait traversé là où il y avait la tête, sur la couverture beige piquée s'étalait une large auréole rouge, j'ai posé l'oreiller dessus. C'était déconcertant à voir. Rien de bien réel.

Ouvert la porte en grand, petit monsieur bedonnant, lunettes de professeur, confus de me voir, pas en arrière, s'excusant :

— J'ai dû me tromper de chambre...

— Sonia n'est pas là, et moi je dormais. Y a une commission à faire ?

— C'est que...

Mais je lui avais claqué la porte au nez. Considérant que ça n'était plus bien grave de ne pas ménager les clients de Sonia.

J'étais remise en marche, rien d'agréable en tête. De toutes parts, quelle que soit la pensée, elle avait forme d'émeute. Murailles, partout où je pouvais cogiter, muraille contre laquelle me fracasser.

Aller voir Mireille. Parce que je le lui avais promis. Parce que c'était tout ce qui me venait à l'esprit. Parce que j'avais envie de la voir, plus que n'importe qui d'autre, de l'écouter, d'être assise à côté d'elle, d'être chez elle. Parce que peut-être qu'il était là-bas.

Alors j'ai senti que Guillaume était parti, parce que c'était lui que j'aurais dû aller voir.

23 h 05

Dehors, lame de rasoir du froid passée le long de mes doigts. Chaque pas me déchirait aux chevilles, que j'avais sévèrement amochées.

Petit chemin de croix jusqu'à la lumière orange de l'enseigne du métro, démarche clopinante. J'ai descendu les marches précautionneusement, cramponnée à la rampe glacée, traversée de fulgurances brûlantes. Réfugiée dans cette souffrance, occupée tout entière, plus loisir de penser.

Le métro me laissait à quelques minutes de marche de chez Mireille.

Péniblement parvenue à destination, je me suis appuyée à la porte-fenêtre de chez Mireille. Elle avait été mal fermée et je me suis écroulée à l'intérieur.

Réconfort, parce que je connaissais cet endroit. Refuge. Mais, où que je pose les yeux, quelque part où on l'avait fait, mon ventre en gardait un souvenir intact et commençait son tintamarre du manque, son appel sourd et opiniâtre, que je devais bientôt connaître par cœur, auquel je ne devais jamais m'accoutumer, le martèlement du vide en guise de compagnie.

Je m'attendais à ce que Mireille soit réveillée par le bruit et vienne voir ce qui se passait. Se penche sur moi et m'aide à me relever.

Qu'est-ce que j'allais bien pouvoir lui dire ?

J'ai réfléchi à ça pendant un temps, allongée sur le dos sur le carrelage du salon.

Boire. À ce point de l'histoire, je ne vois que ça de raisonnable.

L'idée m'a motivée pour me mettre à quatre pattes, mais je n'ai même pas essayé de me remettre debout.

J'ai alors repéré Mireille, vautrée dans la cuisine à même le sol. J'en ai déduit qu'elle ne m'avait pas entendue parce qu'elle s'était mise cartable jusqu'au coma. Je me suis mise à lui parler :

— Figure-toi que j'y pensais justement… Tous ces soucis, on peut s'endormir tranquilles, on les retrouvera demain au réveil.

Je me suis traînée vers elle, avec la ferme intention de me mettre dans le même état : rétamée, hors service, par terre. Surtout, ne plus rien comprendre. Je braillais :

— Réveille-toi, sale raide, j'ai bien besoin de boire moi aussi.

J'avais envie qu'elle revienne à elle, j'avais envie de l'entendre parler. Qu'elle me sorte de là, qu'elle m'oblige à me contenir.

Je suis arrivée à son niveau, elle n'avait pas bougé. Elle me tournait le dos et je me suis fendue d'un fou rire nerveux comme j'en avais parfois :

— T'es vraiment qu'une pochtronne, n'importe qui peut débarquer chez toi, c'est tout ouvert… Et toi t'es là, moitié à poil…

Je l'ai empoignée par l'épaule pour l'obliger à pivoter vers moi.

Elle s'est mollement retournée. D'un seul bloc, bien rigide. Elle avait fait barrage à une petite flaque de sang épais accumulé contre le mur qui a coulé lentement dans ma direction une fois libérée.

Écorchée vive, le visage partiellement nettoyé, blanc de l'os, jusque mi-taille, chair broyée, labourée, de la viande. Il restait à son bras un bout de rose tatouée.

Je me suis reculée comme propulsée en arrière, sans me mettre debout. Je regardais fixement la flaque de sang couler vers moi.

Je poussais sur mes jambes comme si elle allait me rattraper, je m'aidais des bras. Sans quitter la flaque des yeux, langue sombre et visqueuse, s'avançant.

J'avais toujours le cul par terre quand je me suis retrouvée sur le trottoir, poussant des jambes, des bras, comme si je me débattais, je sentais que la flaque arrivait jusque-là, était juste après moi.

Alors seulement j'ai détalé, je sentais mes chevilles mais elles ne me freinaient plus, je courais vers la place Colbert. J'ai vomi sans ralentir, de la bile âcre et glaireuse, trop de mouvements internes. Appuyée contre le mur j'ai dégueulé encore du blanc, qui sortait difficilement, piteux soulagement. J'en avais pris sur mon pull, et en regardant ça je me suis rendu compte que j'avais du sang plein la manche. J'ai ouvert la bouche pour crier, mais j'avais tellement de peur au ventre que ça me bloquait les cordes vocales et c'est resté dedans.

Je me suis adossée au mur, je me cognais doucement la tête contre, puis de moins en moins doucement. En même temps je me disais :

« Arrête ton cinéma, qu'est-ce que tu fais, à quoi ça sert, arrête ton cinéma… », et j'envoyais val-dinguer ma tête contre le mur, je cherchais le blanc derrière les yeux, je me forçais à cogner plus fort, mais ça ne faisait pas assez mal pour soulager. Une voiture s'est arrêtée. Mais pas moi. Je me fracassais la tête contre le béton pour que tout ça sorte, pour que tout ça cesse. Pour faire quelque chose.

— Louise.

Petite voix doucement pressante, elle devait m'appeler depuis un moment, sans que je l'en-tende. Insistait patiemment :

— Louise.

Laure, penchée à la fenêtre de sa voiture, incongrue et apparemment désolée pour moi. J'ai dit :

— J'ai pas vu Saïd, désolée.

Elle est descendue de voiture, est venue me prendre par le bras :

— Monte, viens, reste pas comme ça…

Autoritaire et soucieuse. Je me suis relevée, elle m'a ouvert la portière, m'a fait asseoir. J'ai demandé :

— Tu peux me descendre chez moi ? Excuse-moi, je suis pas trop en état pour discuter.

— Ça se voit, oui.

Et elle a démarré. Le chien derrière tournait en rond, elle répétait :

— Couché, Macéo, couché.

Le surveillait dans le rétroviseur, d'un air inquiet. J'ai demandé machinalement :

— Saïd a pas pris le chien ?

Pas que ça m'intéressait énormément, mais mon cerveau calculait tout seul, que dehors seule à cette heure-ci c'était qu'elle cherchait son homme. Et il avait l'habitude d'emmener Macéo avec lui.

Elle a souri :

— Non, non, cette fois c'est moi qui n'arrivais pas à dormir, alors j'ai emmené Macéo faire un tour à La Madine. Pas vrai, le chien ?

Elle était aussi pétulante que j'étais abattue. Elle a demandé :

— Tu ne veux pas nous accompagner ?

C'était une question conne parce que ça se voyait que j'avais besoin de rentrer, de me doucher et de me remettre les idées en place. J'ai fait non de la tête.

Elle a souri d'un air entendu. Arrivées en bas de la côte, elle a pris à gauche, pas du tout vers chez moi. Je suis d'abord restée calme :

— T'as un drôle de parcours pour aller rue de l'Annonciade.

— Je te ramènerai plus tard. J'ai eu des problèmes avec Saïd, tu sais, j'ai vraiment besoin d'en parler avec toi.

C'était dit de façon très mignonne, mutine et délicieuse. J'ai hurlé en cognant le tableau de bord :

— Mais je m'en fous de tes problèmes ! Ça se voit pas qu'il faut que je rentre ? On est super loin maintenant, et j'ai les chevilles explosées, je peux pas rentrer à pied. T'es vraiment qu'une pauvre conne et tu vas te magner de me ramener chez moi...

Au lieu de faire attention à moi, qui ne lui parlais pourtant pas tous les jours sur ce ton, elle a jeté un coup d'œil inquiet à l'arrière, vers le chien. Elle m'a prévenue, soucieuse :

— Fais gaffe à Macéo, il est un peu nerveux en ce moment. Évite d'élever la voix.

Je me suis retournée vers le chien, qui était tout à fait comme d'habitude, puis me suis adressée à elle comme à une demeurée :

— Laure, je ne plaisante pas, il faut vraiment que tu me ramènes, j'ai mal aux pieds grave, j'ai besoin de dormir, c'est carrément pas le moment de...

Je la faisais sourire. On était déjà sur le pont Wilson, elle m'a interrompue, péremptoire :

— Au contraire, c'est le moment ou jamais pour qu'on discute.

Air de gamine conspiratrice, bien droite face au volant, une tête de fille maligne. J'avais envie de lui en coller une, on dépassait le parc de la Tête-d'Or et je regrettais de ne pas savoir conduire. Parce que je l'aurais empoignée, balancée à l'arrière et j'aurais pris sa place. Je me suis renversée sur le siège, cherchant ce que je pouvais faire.

Et chaque fois que tu crois en sortir, tu retrouves l'étau et son étreinte, de plus en plus serrée, où que tu ailles, quoi que tu fasses, et chaque fois tu crois que tu vas en sortir, prendre le temps de respirer ; mais ça t'attend, où que tu ailles.

À ce stade de l'accablement, j'ai dû me résigner :

— Faut croire que j'arriverai jamais à rentrer chez moi et dormir, il vaut mieux que je m'habitue à cette idée…

Laure m'a rassurée, décidément enjouée :

— T'en fais pas : je te ramène juste après. Je ne crois pas que tu regretteras d'être venue.

Elle a enfoncé une cassette dans la gueule de l'auto-radio, le son poussé au maximum, ça saturait tellement dans les enceintes que le morceau était méconnaissable. Elle chantonnait en même temps, presque couchée sur le volant, un petit air funky entraînant.

À l'arrière, Macéo s'est mis à tourner en rond en gémissant, parce qu'il reconnaissait la route et savait qu'il allait sortir.

J'ai tiré une Camel d'un paquet qui traînait sur le tableau de bord. Ça faisait quelques heures que je n'avais pas fumé, et ça m'a fait plus de bien que prévu.

C'est comme ça qu'on tient sur de si longues distances : une petite clope par-là, un whisky par-ci, une minute de répit, deux ou trois bouffées d'air. Et la grosse main te récupère, te replonge la tête dedans : fini de rigoler là-dedans, revenons-en aux choses sérieuses.

Nous étions presque arrivées. Laure n'arrêtait pas de fredonner, tapait la mesure sur le volant. Main de petite fille, blanche, ongles courts et nets, doigts fins. J'ai baissé ma vitre pour balancer ma clope, en faisant bien attention à ce que l'air ne la ramène pas dans la voiture. Puis j'ai baissé le volume de l'auto-radio, demandé sans amabilité :

— Qu'est-ce qui se passe avec Saïd alors ? T'as qu'à faire court parce que je suis pas spécialement consentante pour en parler...

— Tu savais qu'il couchait avec Mireille ?

Prise de court. J'ai fait de l'esprit :

— Bien sûr que je savais, difficile de l'ignorer : ils avaient l'habitude de faire ça sur le comptoir de L'Arcade.

— Devant tout le monde ?

Et j'ai cru qu'on allait se taper la rambarde, parce qu'elle s'était tournée vers moi, offensée et tout à fait sérieuse. Je l'ai joué moins désinvolte :

— C'est pas vrai, ils ne le faisaient pas sur le comptoir. À vrai dire, je pense même qu'ils ne le faisaient pas du tout. Pourquoi tu t'es mis ça en tête ?

— Parce que je les ai vus.

J'ai pris ma tête à deux mains et l'ai secouée, j'ai supplié :

— Écoute Laure, je t'assure que c'est pas le moment... Pas le moment de me prendre la tête avec ça. Je suis désolée pour toi, mais...

Je n'avais pas envie de lui dire que je sortais de chez Mireille, pas envie de lui raconter qu'elle pissait le sang parce qu'on lui avait ôté la peau, toute sa peau. Parce que Laure était tellement chétive, une petite femme fébrile et soucieuse, et je n'avais pas envie de lui annoncer ça. Je m'en tapais de la préserver d'un choc quelconque, mais je ne voulais pas l'entendre geindre ni la voir se répandre. J'avais envie de dormir, d'être au calme et dormir. Je me tirais les cheveux en gémissant, espérant que ça l'impressionnerait suffisamment pour qu'elle me laisse tranquille avec ses salades. Laure m'a demandé :

— Tu sortais de chez elle quand je t'ai vue ?

Elle ne m'a pas laissé le temps de répondre, elle a grincé entre ses dents, salement contente :

— Elle était dans un bel état, hein ?

— Tu l'as vue ?

— Bien sûr. J'étais au bout de la rue quand toi tu y es arrivée, j'en sortais.

— Et t'as prévenu personne ?

— Non.

— Qu'est-ce que t'es allée foutre chez elle à cette heure-là ?

— T'as bien vu.

— Quoi, j'ai bien vu ?

— Ils couchaient ensemble, je te dis. Je lui ai montré à cette putain, la sale petite garce, je lui ai montré ce que j'en pensais. Elle se foutait de ma gueule, cette pauvre morue, t'as vu ce qu'on lui a mis à cette pute ? Elle fera plus sa maligne maintenant, elle viendra plus se frotter la foune contre n'importe qui, putasse de chienne en chaleur. Elle aurait pas dû, je te jure, elle aurait pas dû.

Elle avait la voix qui se déformait toute seule, grinçante, son regard bien fixe et allumé.

On s'est arrêtées dans un coin désert, j'ai ouvert la portière et grimacé en posant le pied par terre. Ce connard de chien m'a décollé l'épaule en me passant dessus pour sortir plus vite, Laure s'est mise à le gronder.

J'étais assise face à l'extérieur, je ne voyais pas l'eau d'où j'étais mais la sentais noire et ronflante, à quelques mètres. Laure a décrété :

— Ça va ? On est bien ici, non ?

Elle a sautillé un moment. Petite fille tarée, dégénérée. Elle s'est assise finalement, sur une souche d'arbre, en face de moi. Les deux mains sagement croisées sur ses genoux, elle tenait ses jambes serrées et son petit buste bien droit, écolière appliquée. Je me massais le front, tête baissée, sourcils froncés. Je me suis rendu compte qu'elle attendait que je l'interroge, je me suis exécutée :

— Tu l'as vraiment fait ?

— Lui niquer sa race à la pute ? Ouais, je l'ai vraiment fait.

— Parce que tu croyais qu'elle faisait des choses avec Saïd ?

— Je ne supporte pas d'être toute seule, Saïd le sait. Je deviens folle quand la maison est vide. Il ne faut pas me laisser toute seule, Saïd me connaît, mais il n'en a rien à foutre. Il sait ce que ça me fait, mais il sort quand même. Il s'en fout que je tourne pendant des heures et que j'aie peur à en crever, tout ce qu'il sait, c'est qu'il a besoin de prendre l'air...

Ça avait l'air très important pour elle, elle ouvrait de grands yeux, penchait la tête sur le côté et appuyait chaque mot. Elle trouvait gravissime qu'il l'abandonne plusieurs heures, tout à fait inadmissible.

Elle ne se préoccupait pas de savoir ce que j'en penserais. Elle ne se préoccupait pas de savoir ce que ça me faisait, d'avoir trouvé Mireille dans l'état où elle l'avait laissée.

Elle ne se préoccupait que d'elle-même, de sa peur irrationnelle d'être seule dans une maison vide, de son besoin de parler. De son cas, uniquement, le seul existant. Elle me prenait en otage et m'assenait ses cauchemars, m'agrippait au passage et se servait de moi pour me vomir dedans.

Elle a repris le cours de son histoire, obsessionnelle et inquiétante :

— Alors hier soir, il a fallu qu'il ressorte. Bien sûr, il ne voulait pas que je l'accompagne. Il croit que je suis idiote et que je ne sais pas pourquoi il veut être seul. Il savait bien ce que ça me faisait, mais il n'en avait rien à foutre. Il est parti, soi-disant qu'il voulait marcher avec le chien. Et moi je ne dormais pas, et j'étais morte de peur, il ne faut pas me laisser seule. J'ai tourné en rond en l'attendant, sans allumer parce que j'avais bien remarqué que tant qu'il voyait de la lumière chez nous, il ne remontait pas. Il prétendait le contraire, mais je l'avais bien remarqué. Tôt le matin, j'ai entendu Macéo, en bas, qui pleurait pour rentrer. Je me suis mise à la fenêtre, et je les ai vus. Saïd et Mireille, ils s'embrassaient en bas. Je me suis cachée tout de suite, je ne voulais pas que Saïd sache que je l'avais vu. Je me suis mise dans le lit et je l'ai attendu. Depuis hier, je n'ai que ça en tête. Cette garce, et ils le faisaient en bas de chez moi, tu te rends compte ? En bas de chez moi !

Elle respirait très fort, les yeux brillants d'indignation. Elle a répété, pleine de véhémence et de peine :

— Tu te rends compte ?

— Tu as peut-être mal vu…

Mais Laure ne m'écoutait pas. Elle était toute à son histoire, elle avait envie de la ressasser à voix haute :

— Alors cette nuit, il a bien fallu que je recommence. Il m'y a obligée, il ne veut pas faire attention à moi, il ne veut pas faire comme il faut. Il a fallu que je recommence. Elle m'a ouvert, et elle n'avait même pas peur. Quand je lui ai dit pourquoi j'étais là elle a rigolé comme une démente : « J'ai jamais touché ton copain, Laure, t'imagines pas comment j'y ai jamais pensé. » Elle avait l'air complètement défoncée elle aussi, et elle se foutait de ma gueule, poufiasse, menteuse, connasse. T'aurais dû voir ça, ce carnage, parce qu'elle s'est plus débattue que les autres. Mais on l'a eue quand même, qu'elle se laisse faire ou pas, on l'a eue finalement.

— T'étais pas là-bas toute seule ?

— J'étais avec Macéo. Hein, le chien ? Viens par là toi, viens voir…

Il mâchait de l'herbe un peu plus loin, a relevé la tête quand elle s'est adressée à lui. Comprenant qu'elle l'appelait il est venu la rejoindre, pataud et débonnaire. Elle l'a pris par le cou, l'a caressé vigoureusement en répétant :

— Toi au moins tu ne me laisses jamais tomber, hein, et tu l'as eue la garce, tu l'as pas laissée se défiler, hein ?

Elle lui tapotait le crâne en disant ça, puis a relevé les yeux sur moi, m'a demandé :

— T'as jamais eu de chien ?

— Non.

— Tu devrais, tu peux pas savoir comment ça aime un chien.

343

Valse dure dans ma tête. Arrière-plan flou omniprésent, l'image de Mireille défoncée. S'y mêlait par accords stridents le départ de Victor, élancements en travers de ventre. Je voulais qu'elle me foute la paix, mais elle ne se taisait pas.

Et j'avais vaguement peur d'avoir été convoquée là à cause de l'épisode en cabine avec Saïd. Qu'elle retourne contre moi son molosse imbécile.

Laure a relevé la tête, suspicion hargneuse :

— Mais c'était ta copine, peut-être que tu savais, et que tu cherches à les couvrir ?

J'étais furieuse et écœurée, j'aurais aimé l'entraîner vers l'eau, maintenir sa tête jusqu'à ce qu'elle crève et la sentir se débattre. Mais je me suis contentée de bredouiller :

— Bien sûr que non je ne suis pas au courant, j'ai même du mal à te croire...

Parce que j'avais peur d'elle et de son chien énorme. Vouloir sauver ma peau me donnait la bonne réplique, sur un ton détaché, et même navré pour elle. J'ai toujours été lâche, c'est comme ça qu'on s'en tire. J'ai ajouté :

— C'était toi aussi pour Stef et Lola ?

Sans y mettre aucune désapprobation, curiosité respectueuse.

Sourire angélique, rayonnant, elle a relevé le menton, bouillonnante d'orgueil, puis elle a penché la tête sur le côté, coquetterie obscène et caricaturale :

— Ils cherchent, ils cherchent… Je les regarde faire de loin et ils me font bien rire, parce qu'ils ne pensent jamais à regarder où il faut. Ils ne me voient même pas. Mais c'était moi pourtant, et personne n'y pensait.

Triomphante, et pour bien revendiquer la chose, elle frappait sa poitrine de son petit poing serré. Un geste que Saïd faisait parfois, un geste d'homme, qu'elle singeait avec conviction.

Silence de campagne alentour, on n'entendait que le chien qu'elle avait relâché casser des branches plus loin et renifler des choses.

Elle a repris, ton indigné :

— Je ne pouvais pas laisser faire ça… Moi et Saïd avons toujours été heureux ensemble, jusqu'à cet hiver. Tout était bien comme il faut. Alors il a rencontré ces filles, et il n'était plus le même. Tout le temps fourré chez elles, comme s'il y était mieux que dans sa propre maison. Alors ça a commencé, je le suppliais de rester et lui s'obstinait : « Il faut que je prenne un peu l'air, Laure j'étouffe à force. » Moi, je l'étouffais… Mais les deux putains, elles lui en faisaient de l'air par contre ! Alors j'étais malade, quand il rentrait il me trouvait dans des états pas pensables. Et il ne voulait pas faire attention, il ne voulait pas en tenir compte. Un jour, je l'ai attendu vraiment tard, et je suis devenue furieuse, et je suis allée le chercher chez elles. J'ai emmené Macéo, je n'aime pas le laisser tout seul, il s'ennuie. C'est Stef qui m'a ouvert, et il a fallu que je me faufile pour rentrer parce qu'elle me laissait à la porte en me regardant de haut : « Je te connais pas toi. » Mais je suis rentrée quand même et elle s'est foutue de moi : « Non, il est pas là ton bonhomme, tu peux ouvrir tous les placards, il y est pas. Mais, tu sais, si ça se trouve, il est allé acheter du lait et t'as pris ça pour une fugue… » Alors je me suis emportée, je lui ai dit de se mêler de ce qui la regardait, et aussi que je ne voulais plus qu'il vienne chez elles. Elle a encore rigolé : « Tu le prends pour une peluche ou quoi ? S'il veut venir, il est assez grand pour le faire, si je veux le voir je suis assez grande pour lui ouvrir la porte. On fait rien de mal, t'as juste besoin de repos. » J'ai insisté, j'ai dit qu'il était hors de question qu'il revienne chez elles, je me suis énervée, et elle a levé la main sur moi. Macéo lui a sauté à la gorge.

« C'était incroyable à voir, il l'a couchée par terre et lui a dévoré la gorge. Ses dents s'enfonçaient et ne lâchaient plus prise, plus elle cherchait à lui échapper, plus il la déchiquetait. L'autre fille était dans la chambre. Comme il y avait du bruit, elle est venue voir, elle était dans les vapes, complètement, se tenait aux murs pour avancer vers nous. Elle ne croyait pas ce qu'elle voyait. J'avais beau rappeler Macéo, il s'acharnait sur l'autre et lui chopait la viande à pleins crocs, lui en arrachait des morceaux en grognant furieusement, je ne l'avais jamais vu comme ça. Alors la brune s'est mise à hurler, elle a essayé de l'arrêter, et il s'en est pris à elle. Il aurait fallu que tu voies ça : babines retroussées il l'a collée contre le mur. Il était debout, ses pattes contre ses épaules et il lui bouffait la gueule, puis elle s'est affaissée et il l'a finie par terre.

« J'avais peur de lui moi aussi, et je me disais qu'il était devenu fou et qu'il allait falloir le piquer. Mais au bout d'un moment, il s'est calmé, et il est venu entre mes jambes, il était redevenu normal. Je l'ai caressé, je lui ai parlé. Je me suis dit qu'il fallait qu'on reparte, mais avant il fallait que je me débrouille, pour que ça ne se voie pas que c'était un chien qui l'avait fait. J'ai pris un grand couteau chez elle, et j'ai nettoyé les endroits où il avait mordu. Je réfléchissais en même temps, et je me disais que ces filles pouvaient s'attirer un tas d'ennuis, à cause de leur travail et qu'elles n'étaient pas de chez nous. J'ai donc fait ça vraiment bien, enlevé tous les endroits où Macéo les avait touchées. J'avais étalé du papier journal, plusieurs épaisseurs, à côté de chaque corps, et j'y entassais la viande en petits tas. Les gens s'imaginent que j'ai un petit pois dans la tête, mais je suis capable de faire les choses correctement. Je me suis souvenue que j'avais un jetable dans mon sac, et j'ai pris des photos avec, parce que j'ai calculé que ça pourrait me servir plus tard. Macéo semblait comprendre ce que je faisais, il faisait le guet devant la porte. Comme ça, en plus, j'étais tranquille pour tout ranger, parce que je savais que si Saïd passait, le chien se mettrait à pleurer dès qu'il aurait touché la porte en bas, Macéo reconnaît bien son maître.

« J'ai cru que le cauchemar était fini, et que maintenant que je m'étais débarrassée des deux, tout allait redevenir normal avec Saïd. Mais dès le lendemain il m'a laissée toute seule. Et quand il était là, tout ce qu'il avait en bouche c'était : "Stef et Lola ceci", et je l'ai même vu pleurer.

Mais moi je pouvais bien crever, tout ce qu'il voulais, c'était sortir. Un soir, je suis descendue à L'Arcade, tu te souviens tu étais là, je l'ai vu à la table de cette pute de Roberta, elle lui buvait les mots de la bouche. Dès le lendemain, j'ai tiré les photos au labo et je les lui ai envoyées, je ne voulais pas aller chez elle. Je ne voulais pas recommencer, vraiment pas. C'était juste pour la faire flipper, cette salope. Qu'elle se tienne à distance. Mais je n'avais pas pensé à Mireille... Il parle souvent de toi, tu sais. Il t'aime bien. Je sais qu'il n'y a rien entre vous, parce que je peux te faire confiance à toi. Tu me respectes. Je sais que ton avis compte pour lui. Ça serait bien que tu lui parles.

— Que je lui parle ?

— Il ne faut pas qu'il me traite comme ça, il faut que quelqu'un le lui dise. Il ne faut pas me laisser seule comme ça. Il faut lui dire.

— Dès que j'en ai l'occasion, promis.

— En tout cas, il ne sortira plus pour aller voir celle-là.

Elle s'est relevée, a appelé le chien, a dit qu'il faisait froid quand même et s'est inquiétée :

— Ça va au fait, tu n'as pas trop mal ?

J'ai fait non de la tête. J'avais l'impression que mes chevilles étaient passées au fer rouge,

349

mais je ne voyais pas ce que ça changerait de le lui dire. Elle s'en foutait de moi, complètement. Elle a promis en remontant en voiture :

— On va s'arrêter à une pharmacie, acheter de quoi faire un pansement, et je te laisserai chez toi. D'accord ?

J'étais sonnée. Elle a redémarré. Je regardais par la fenêtre, défilement de choses grises. Guillaume était parti, j'avais besoin de le voir. Et je revoyais Mireille en larmes. Et puis Mireille par terre. Sonia, ce que j'avais fait, ça avait tout d'un rêve, ça n'avait rien de réel. Je l'avais pourtant bien fait, aucune hésitation. La Reine-Mère, qui me serrait contre elle pour me dire au revoir. Sonia, ça avait tout d'un rêve, je l'avais pourtant bien fait, sans aucune hésitation.

Victor était parti, m'avait laissée derrière. La monnaie de ma pièce…

Périphérique, Laure répétait :

— Avec une autre fille il a fait ça, tu te rends compte ?

— Et lui, tu vas le faire payer pour ce qu'il a fait ?

Elle a tourné la tête vers moi, je venais de poser une question incongrue. Il y avait un peu d'indignation dans sa voix, mêlée à du reproche :

— Macéo ne fera jamais de mal à son propre maître.

Je l'ai regardée plus attentivement, ce truc brûlant qu'elle avait dans les yeux, plus brillant que jamais. Il y avait ce grand virage, j'ai glissé ma jambe sur la sienne, appuyé sur la pédale de l'accélérateur. Elle a fait des trucs avec le volant en essayant de se dégager, le chien s'est énervé, mais il n'y avait rien à faire. Je tenais bon, pied au sol, nous roulions vraiment vite, c'était un grand virage.

Table

Virginie Despentes
au Livre de Poche

Apocalypse bébé   nº 32483

Valentine disparue… Quand une adolescente douloureuse est le seul point commun de tous ceux qui,
de Paris à Barcelone, la cherchent sans se connaître
et se trouvent sans la sauver. Ce livre a obtenu le
prix Renaudot en 2010.

Baise-moi   nº 34059

C'est l'histoire d'une amitié passionnelle : deux filles
sans repères dont les chemins se croisent par hasard,
et qui vont découvrir qu'elles n'ont plus rien à
perdre… Paru en 1993 et traduit dans plus de vingt
langues, *Baise-moi* est une déclaration de guerre au
bon goût, aux beaux sentiments et à l'élégance. À la

croisée du roman *hard boiled* et de la culture hard-core, un roman nihiliste et trash, que sauve un humour grinçant… Virginie Despentes et Coralie Trinh Thi l'ont adapté à l'écran en 2000, avec Karen Bach et Raffaëla Anderson dans les rôles-titres. Censuré en France, le film a connu un succès durable à l'international.

Bye Bye Blondie n° 30517

« Une fille qu'on rencontre en HP n'est pas une fille qui rend heureux. Il voulait jouer contre le reste du monde, avoir raison contre toutes les évidences, il pensait que c'était ça l'amour. Il voulait prendre ce risque, avec elle, et qu'ils arrivent sur l'autre rive, sains et saufs. Mais ils réussissent juste à s'entraîner au fond. Il est temps de renoncer… » Gloria a été internée en hôpital psychiatrique. Contre toute attente, la punkette « prolo » y a rencontré Éric, un fils de bourgeois aussi infréquentable qu'elle ; ils se sont aimés comme on s'aime à seize ans. Puis la vie, autant que les contraintes sociales, les a séparés. Vingt ans après, à nouveau, leurs chemins se croisent. Portrait d'une femme blessée aux prises avec ses démons, traversée des années punk, chronique d'un amour naufragé, *Bye Bye Blondie* est sans doute le livre le plus émouvant de Virginie Despentes.

Les Jolies Choses   n° 34105

Deux sœurs jumelles, deux personnalités opposées :
Claudine et Pauline n'ont pas grandi de la même
façon et les adultes qu'elles sont devenues n'ont rien
pour s'entendre. L'une est rebelle et renfermée,
l'autre est une pin-up ambitieuse. L'une a un talent,
l'autre les dents longues. Est-il possible de réconci-
lier deux extrêmes que tout semble séparer ? Virginie
Despentes dresse ici le portrait d'une femme écar-
telée entre deux choix de vie : compromission ou
radicalité. Le roman a reçu le prix de Flore en 1998
et a été porté à l'écran par Gilles Paquet-Brenner
en 2001, avec Marion Cotillard et Stomy Bugsy dans
les rôles-titres.

King Kong théorie   n° 30904

« J'écris de chez les moches, pour les moches, les
frigides, les mal baisées, les imbaisables, toutes les
exclues du grand marché à la bonne meuf, aussi
bien que pour les hommes qui n'ont pas envie d'être
protecteurs, ceux qui voudraient l'être mais ne savent
pas s'y prendre, ceux qui ne sont pas ambitieux, ni
compétitifs, ni bien membrés. Parce que l'idéal de
la femme blanche séduisante qu'on nous brandit tout
le temps sous le nez, je crois bien qu'il n'existe pas. »

Bruno, trentenaire agoraphobe, est un traducteur au chômage. Il vit à Barbès et occupe ses journées à regarder la télé en fumant de l'herbe. Alice, bref amour de jeunesse qu'il n'a pas revu depuis quinze ans, revient soudain dans sa vie pour lui annoncer qu'il est le père d'une adolescente rétive à toute autorité, Nancy… Père du jour au lendemain, cet homme-enfant qui s'était accroché au rock pour ne surtout pas grandir va devoir bousculer ses habitudes, se défaire de ses certitudes et tenter de concilier vieilles convictions et nouvelles responsabilités. Mais, à la veille des événements du 11 septembre 2001, il semblerait que la vie de Bruno ne soit pas la seule chose appelée à se transformer brutalement…

Vernon Subutex   n°s 34047, 34097 et 34938

Qui est Vernon Subutex ? Une légende urbaine. Un ange déchu. Un disparu qui ne cesse de ressurgir. Le détenteur d'un secret. Le dernier témoin d'un monde révolu. L'ultime visage de notre comédie inhumaine. Notre fantôme à tous.

Du même auteur :

BAISE-MOI, Florent Massot, 1993 ; Grasset, 1999.
LES JOLIES CHOSES, Grasset, 1998.
MORDRE AU TRAVERS, Librio, 2001.
TEEN SPIRIT, Grasset, 2002.
BYE BYE BLONDIE, Grasset, 2004.
KING KONG THÉORIE, Grasset, 2006.
APOCALYPSE BÉBÉ, Grasset, 2010 (prix Renaudot).
VERNON SUBUTEX, tome 1, Grasset, 2015.
VERNON SUBUTEX, tome 2, Grasset, 2015.
VERNON SUBUTEX, tome 3, Grasset, 2017.

Le Livre de Poche s'engage pour
l'environnement en réduisant
l'empreinte carbone de ses livres.
Celle de cet exemplaire est de :
300 g éq. CO_2
PAPIER À BASE DE Rendez-vous sur
FIBRES CERTIFIÉES www.livredepoche-durable.fr

Composition réalisée par PCA

———————

Achevé d'imprimer en France par
CPI BRODARD & TAUPIN (72200 La Flèche)
en juillet 2022
N° d'impression : 3049211
Dépôt légal 1ʳᵉ publication : mars 2016
Édition 08 - juillet 2022
LIBRAIRIE GÉNÉRALE FRANÇAISE
21, rue du Montparnasse – 75298 Paris Cedex 06

10/2142/8